Berthe et Lou

Aventures et Poésie

Ecrit, mis en page et édité par :

Louis Lionel DA SILVA

Les illustrations ont été créés d'après les textes avec : Designer ® de Microsoft ®

ISBN: 978-2-9592616-9-5   Editions: Louis Lionel

https://louis-lionel.fr

Page 6 - L'histoire de Berthe :

Berthe, une dame d'une élégance intemporelle, avait passé la majeure partie de sa vie à tisser des liens avec ceux qui l'entouraient. Sa vie, riche en expériences et en rencontres, était une mosaïque de moments partagés et de souvenirs précieux. Dans la maison de retraite où elle résidait, Berthe était connue pour ses histoires captivantes, souvent ponctuées de rires et parfois de larmes. Chaque récit était un voyage dans le temps, une fenêtre ouverte sur le monde qu'elle avait connu, un monde qui avait connu tant de changements au fil des années. Les résidents et le personnel étaient régulièrement rassemblés autour de Berthe, impatients d'écouter ses anecdotes qui étaient autant de leçons de vie. Elle parlait avec nostalgie de son enfance passée à la campagne, des jeux entre amis sous le soleil couchant, des hivers rigoureux près de la cheminée, et des étés infinis. Berthe évoquait également avec tendresse ses années de jeunesse, le travail acharné dans les champs, les bals du village où elle avait rencontré son époux, et les naissances de ses enfants qui avaient apporté tant de joie dans sa vie. Malgré les épreuves, comme la perte de proches et les difficultés du quotidien, Berthe avait toujours conservé une attitude positive, choisissant de voir la beauté dans les petites choses et de célébrer chaque jour comme un cadeau. Son optimisme était contagieux, et sa présence apportait une lumière chaleureuse dans la maison de retraite. Les visiteurs bénévoles, comme celui qui avait eu le privilège de faire sa connaissance, étaient souvent touchés par sa sagesse et sa capacité à trouver du bonheur dans les interactions humaines. Berthe était un trésor vivant, une bibliothèque d'histoires qui enseignait l'importance de la résilience, de l'amour et de l'amitié. Sa vie était un témoignage de la richesse que l'on peut trouver dans chaque expérience, et de la valeur inestimable des relations humaines. Elle restait un exemple inspirant pour tous, rappelant que même dans les derniers chapitres de notre existence, nous pouvons continuer à apprendre, à partager et à aimer.

Page 55 - L'histoire de Lou :

L'histoire de Lou est un récit poignant qui met en lumière les épreuves et les tribulations d'un enfant confronté à des défis qui semblent insurmontables à travers le prisme de notre société moderne. Il y a soixante ans, les conditions de vie, les normes sociales et les attentes envers les enfants étaient radicalement différentes de ce qu'elles sont aujourd'hui. Cette histoire personnelle offre une perspective unique sur la résilience et l'adaptabilité humaines face à l'adversité. Elle souligne également l'évolution de nos sociétés et la manière dont les droits et le bien-être des enfants sont devenus une priorité. En explorant les souvenirs de Lou, on découvre non seulement les luttes individuelles, mais aussi le contexte historique et social qui a façonné ces expériences. C'est un rappel que les histoires individuelles sont souvent le reflet de réalités plus larges et que le progrès est possible grâce à la prise de conscience et aux efforts collectifs pour améliorer la condition humaine.

Page 107-L'histoire de Hélias et Helena :

C'est une histoire purement inventée, crée dans mon esprit, un soir d'insomnies !
Dans le royaume silencieux des songes, Hélias et Helena vivaient une aventure hors du commun. Chaque nuit d'insomnie donnait naissance à un nouveau chapitre de leur épopée, où ils affrontaient des créatures fantastiques et résolvaient des énigmes ancestrales. Leur amour était le fil conducteur de ces récits nocturnes, une lumière scintillante qui guidait leurs pas à travers les ténèbres des mondes imaginaires. Ainsi, même dans

le silence de la nuit, leur histoire continuait de s'écrire, aussi vivante et vibrante que les étoiles dans le ciel.

Page 114- L'histoire de Sandhu :

C'est également une histoire, sortie de mes rêves, de mes migraines, bref, de mon imaginaire...
L'histoire de Sandhu pourrait être celle d'un voyageur des rêves, naviguant entre réalité et fantaisie. Dans cet univers onirique, Sandhu affronte ses migraines, métaphores de ses luttes intérieures, et trouve dans son imaginaire une échappatoire, un monde où tout devient possible. À travers ses aventures, Sandhu découvre la force de la résilience et la puissance de l'esprit humain.

L'histoire de Berthe

Il était une fois, une petite fille appelée Berthe.

Celle-ci avait vu le jour dans un village de la Drôme provençale ; ses parents étaient des travailleurs agricoles, dans un domaine appartenant à une famille très riche de la région.
Dans la douceur des matins de la Drôme provençale, Berthe, la frêle enfant des champs, éveillait le jour de ses pas hésitants. Son monde, borné par les sillons et les

coteaux, s'étendait sous le regard bienveillant des oliviers centenaires. Chaque aurore, elle quittait le nid familial, un humble toit abritant des cœurs vaillants mais usés par le labeur. La demeure des propriétaires, telle une forteresse de pierre et de privilèges, se dressait, lointaine et imposante, au terme d'un périple quotidien. Berthe, à l'âge où les rêves tissent encore l'innocence, avait troqué les bancs d'école pour les corridors silencieux et les salles aux échos feutrés de la grande maison. Ses mains, petites mains agiles, s'affairaient à polir, ranger, et servir, dans un ballet incessant dicté par l'ordre et la rigueur. Le domaine, vaste comme un petit royaume, était son terrain de jeu forcé, où chaque tâche était une aventure, chaque recoin, un monde à découvrir.

Mais la route qui serpentait entre sa demeure et celle des maîtres était une épreuve, un chemin solitaire où chaque ombre pouvait être un spectre, chaque bruissement, un frisson. Berthe, l'âme trop grande pour son corps délicat, trouvait dans "Belou", son fidèle compagnon, la force et la protection. Ce Saint Bernard, plus qu'un chien, était son gardien, son ami, son confident. Ensemble, ils affrontaient l'aube et le crépuscule, complices silencieux sous le ciel changeant. "Belou", avec sa carrure de géant et son cœur de miel, veillait sur la petite silhouette de Berthe. Il était son phare dans la brume, son ancre dans les tempêtes de la vie. Lorsque le soleil déclinait et que les ombres s'allongeaient, il restait là, immobile, devant la demeure, tel une sentinelle, patientant jusqu'à ce que la porte s'ouvre pour libérer sa petite maîtresse.

Leurs retrouvailles, chaque soir, étaient un tableau vivant, peint de tendresse et de soulagement. Berthe, épuisée mais rassurée, partageait avec "Belou" le pain de sa journée, lui confiant ses peines et ses espoirs. Le chien, sage et attentif, l'écoutait de ses yeux doux, comprenant sans mots les murmures de l'enfant.
Ainsi se déroulait la vie de Berthe, entre les murs épais de la grande maison et les champs dorés de son enfance. Elle grandissait, portée par l'amour inconditionnel de "Belou", apprenant de lui la loyauté et le courage. Et dans le secret de son cœur, elle rêvait d'un avenir où chaque pas ne serait plus une corvée, mais le début

d'une nouvelle danse, libre et légère, sous le soleil de la Drôme provençale.

Dans le ballet des saisons, Berthe et Belou, son fidèle Saint-Bernard, tissaient les fils d'une complicité éternelle. Chaque aurore les voyait s'éveiller à l'unisson, chaque crépuscule les enveloppait dans une symphonie de silences partagés. Comme les arbres prennent racine et s'élèvent vers les cieux, leur amitié s'enracinait plus profondément, s'épanouissant avec la majesté tranquille d'une fleur qui défie le temps.

Les printemps de Berthe étaient des mosaïques de couleurs, peintes de pâquerettes et de jonquilles, où Belou bondissait avec la joie insouciante d'un esprit libre. Les étés, éclatants de chaleur, les voyaient parcourir les sentiers ombragés, le pelage de Belou captant les caresses du soleil tandis que Berthe, telle une aquarelle vivante, reflétait la lumière dans ses yeux d'un bleu profond. À l'automne, ils marchaient sur un tapis de feuilles, écoutant le chant mélancolique du vent, et en hiver, ils se blottissaient l'un contre l'autre, trouvant chaleur et réconfort au cœur des blizzards.

Avec le temps, Berthe, la douce enfant, se métamorphosa en une jeune femme au caractère bien trempé, sculptée par les épreuves et les triomphes. Ses traits, autrefois tendres et hésitants, se dessinaient maintenant avec l'assurance d'une artiste qui a trouvé son pinceau. Belou, quant à lui, portait les marques du temps avec une dignité silencieuse, ses yeux sages reflétant les histoires non dites des années passées.

Leur lien, invisible et pourtant plus solide que le plus robuste des chênes, était un testament à la force de l'amour et de la loyauté. Dans le grand théâtre de la vie, ils étaient acteurs et spectateurs, partageant chaque scène avec une intensité qui ne demandait aucun applaudissement. Leur histoire, écrite non pas avec de l'encre, mais avec l'essence même de leur être, était une poésie vivante, un chant d'amour qui résonnait au-delà des mots.

Et ainsi, au fil des saisons, Berthe et Belou continuaient leur danse, un pas après l'autre, dans une harmonie qui défiait le temps et l'espace. Leur rituel quotidien n'était pas une simple routine, mais une célébration de la vie, un hommage à la constance dans un monde en perpétuel changement. Ils étaient, chacun à leur manière, un phare pour l'autre, guidant à travers les tempêtes et les éclaircies, un duo indissociable dont l'histoire continuerait à inspirer longtemps après que le dernier chapitre ait été écrit.

Dans la quiétude de la nuit, où chaque ombre semble raconter une histoire, elle se laissait emporter par les mots qui dansaient sous ses yeux émerveillés. Les pages tournaient, une à une, comme les vagues d'un océan infini de connaissances et de fantaisies. Chaque histoire était une porte entrouverte sur un monde inexploré, un appel à l'aventure que son âme ne pouvait ignorer. Les héros et héroïnes des récits qu'elle chérissait lui murmuraient des secrets, des stratagèmes pour échapper à la monotonie de son quotidien.

Les livres étaient ses compagnons silencieux, ses mentors dans l'art de rêver. Avec eux, elle voyageait à travers des contrées lointaines, des cités englouties par le temps, des forêts enchantées où les arbres chuchotent

des légendes anciennes. Elle rencontrait des personnages aux mille visages, certains nobles et braves, d'autres rusés et mystérieux. Chaque nuit, à la lueur vacillante de sa bougie, elle construisait son propre récit, tissant les fils d'une vie moins ordinaire.

Elle apprenait des langues oubliées, déchiffrait des cartes menant à des trésors cachés, et résolvait des énigmes qui auraient rendu jaloux les plus grands sages. Son esprit, autrefois confiné aux quatre murs de sa demeure, s'envolait à présent vers des horizons sans fin. Elle se voyait navigatrice intrépide sur les mers tumultueuses, archéologue déterrant les mystères d'anciennes civilisations, ou encore astronome scrutant les étoiles à la recherche de réponses aux questions éternelles.

Les récits des voyageurs de passage lui apportaient des fragments de réalités lointaines, des graines d'histoires qui germaient dans son imagination fertile. Elle les écoutait avec une attention avide, buvant leurs paroles comme on boit l'eau d'une source miraculeuse. Ces étrangers, sans le savoir, nourrissaient son esprit affamé d'aventures et de découvertes.

Et quand le sommeil venait finalement réclamer son dû, elle se retirait dans ses rêves, là où les limites du possible et de l'impossible se fondent et s'entremêlent. Dans ces rêves, elle était libre, libre de parcourir le monde sans entraves, de toucher les étoiles du bout des doigts, de vivre mille vies en une seule nuit.

Ainsi, chaque aube qui se levait la trouvait un peu changée, un peu plus audacieuse, un peu plus prête à transformer ses rêves en réalité. Car si les livres lui avaient appris quelque chose, c'était que même les plus grands voyages commencent par un simple pas, et que chaque rêveur détient en lui la clé d'un monde nouveau, juste à la portée de son courage. Et dans le silence de son cœur, une voix susurrait que le moment était venu de suivre les traces de ces rêves éveillés, de laisser derrière elle les tâches ménagères pour embrasser l'appel de l'inconnu.

Un jour, le domaine accueillit un jeune peintre, venu capturer la beauté des paysages provençaux. Intrigué par la complicité entre la servante et son chien, il demanda à Berthe si elle accepterait de poser pour lui. Elle, qui n'avait jamais été l'objet d'une telle attention, rougit d'abord, puis, encouragée par "Belou", acquiesça. Le peintre travailla des jours durant, immortalisant la tendresse et la force qui émanaient de Berthe et de son fidèle compagnon.

Lorsque le portrait fut terminé, il fut exposé dans la grande salle du domaine lors d'une réception. Les invités, émerveillés, découvrirent une Berthe qu'ils n'avaient jamais vraiment vue : une âme pure et rayonnante, qui semblait défier sa condition sociale. Le maître du domaine, touché par la grâce de l'œuvre, offrit à Berthe une place d'honneur parmi ses domestiques, avec la promesse d'une éducation digne de son intelligence vive.

Berthe saisit cette opportunité avec gratitude, et sous la tutelle de précepteurs, elle apprit à lire, à écrire, et à parler des langues étrangères. Elle découvrit les mathématiques, l'histoire, et les sciences, s'émerveillant de chaque nouvelle connaissance comme d'un trésor. "Belou", toujours à ses côtés, semblait comprendre que chaque leçon était un pas de plus vers la liberté pour sa jeune maîtresse.

Les années s'écoulèrent, et Berthe devint une femme éduquée et respectée. Elle ne fut plus jamais la servante silencieuse, mais une conseillère écoutée, une amie chérie. Sa réputation de sagesse et de bienveillance se répandit au-delà des frontières du domaine, attirant l'attention de bienfaiteurs qui lui offrirent une bourse pour étudier dans la ville.

Avec un cœur lourd mais empli d'espoir, Berthe prit congé de "Belou", lui promettant de revenir dès qu'elle le pourrait. Elle partit vers la ville, ses rêves en bandoulière, déterminée à poursuivre son éducation et à changer son destin. "Belou", resté au domaine, veillait

sur les souvenirs de leur enfance, attendant patiemment le retour de celle qui avait été son tout.
Et lorsque Berthe revint, des années plus tard, ce ne fut pas seule, mais accompagnée d'un jeune homme, aussi érudit qu'elle, partageant ses idéaux et ses aspirations.

Ensemble, ils transformèrent le domaine en une école pour les enfants des travailleurs agricoles, offrant à chacun la chance d'une éducation, d'un avenir meilleur.
"Belou", vieux et sage, accueillit Berthe avec une joie tranquille. Il avait veillé sur le domaine, sur le rêve de Berthe, et maintenant, il pouvait se reposer, sachant que sa petite maîtresse avait trouvé son chemin. Et dans le

crépuscule de sa vie, "Belou" s'endormit pour la dernière fois, bercé par la voix de Berthe, lui racontant l'histoire de leur vie, une histoire de courage, d'amour, et d'espoir, sous le ciel éternel de la Drôme provençale.

Le jeune homme qui avait capturé le cœur de Berthe était un esprit aussi libre et vaste que les champs de lavande de la Drôme. Son nom était Fred, un nom qui chantait comme le vent dans les feuilles des oliviers. Fred était né dans une ville lointaine, où les lumières scintillaient plus fort que les étoiles, mais c'était dans la simplicité de la campagne qu'il avait trouvé son véritable appel.

Fred avait étudié dans les meilleures écoles, là où le savoir coulait à flots, mais il cherchait quelque chose de plus, quelque chose que les livres ne pouvaient lui enseigner. Il avait soif d'authenticité, de connexions humaines, de ces vérités silencieuses que seule la nature peut révéler. C'est ainsi qu'il arriva dans la Drôme, avec pour seul bagage son talent pour la peinture et une curiosité insatiable pour le monde.

Dans les yeux de Fred, chaque paysage était une toile vierge, chaque visage, une histoire à raconter. Il voyait le monde non pas tel qu'il était, mais tel qu'il pourrait être, avec ses couleurs les plus vives et ses ombres les plus douces. Lorsqu'il rencontra Berthe, il vit en elle non pas une simple servante, mais une muse, une âme sœur qui partageait son désir de transcender les limites imposées par leur naissance.

Fred et Berthe se découvrirent mutuellement à travers des conversations longues et profondes, des promenades dans les champs au crépuscule, et des rires partagés sous le ciel étoilé. Ils partageaient une passion pour l'apprentissage, un respect pour la terre qui les nourrissait, et un rêve commun de changer le monde autour d'eux.
Avec Berthe, Fred trouva la paix et l'inspiration. Il peignit des chefs-d'œuvre, mais son plus grand travail fut de peindre un avenir pour eux deux.

Ensemble, ils imaginèrent une école où les enfants pourraient apprendre sans barrières, où la curiosité serait nourrie et où les talents seraient cultivés.

Lorsque Berthe partit pour la ville, Fred resta, mais son esprit voyageait avec elle. Il continua à peindre, à enseigner aux enfants du domaine, à préparer le terrain pour le jour où Berthe reviendrait. Et lorsqu'elle revint, Fred était là, son sourire aussi large que les horizons qu'il peignait.

Fred devint le co-fondateur de l'école, le pilier sur lequel Berthe s'appuyait. Il enseignait avec une passion qui enflammait les cœurs, et ses leçons étaient des fenêtres ouvertes sur le monde. Il était le calme dans la tempête, la raison dans la passion, et le rêve dans la réalité.

Leur amour était une symphonie douce, un mélange de notes hautes et basses, jouée avec la délicatesse des doigts d'un musicien sur les cordes d'un violon. Fred et Berthe, deux âmes entrelacées, deux esprits en harmonie, bâtirent ensemble un héritage d'éducation et d'espoir, un héritage qui résonnerait à travers les générations, comme une mélodie éternelle sous le ciel de la Drôme provençale.

Au crépuscule de sa vie, Berthe filait l'or de ses jours passés, tissant une étoffe de souvenirs où chaque fil brillait d'un éclat unique. Les années, telles des artistes, avaient sculpté son existence, emportant les larmes et les rires dans le sillage du temps, mais laissant derrière elles une mosaïque de moments inoubliables. Dans le sanctuaire tranquille de sa chambre, Berthe, centenaire, égrenait les perles de sa jeunesse, revivant les instants volés à l'éternité. Fred, ce nom gravé dans le marbre de sa mémoire, résonnait comme un refrain doux-amer, écho d'un amour peut-être jamais éteint.

Un jour, un inconnu franchit le seuil de sa solitude, un bénévole dont le visage évoquait l'ombre d'un souvenir. Dans ses yeux, Berthe vit les reflets d'un passé révolu, et dans un élan du cœur, elle l'appela Fred. "Pourquoi as-tu rasé ces boucles qui faisaient ta fierté ?", s'enquit-elle avec la candeur des sentiments préservés. L'homme, touché par cette méprise tendre, endossa le rôle de l'absent, devenant pour quelques heures le fantôme bienveillant d'un amour perdu.

Semaine après semaine, il revenait, devenant l'ancre temporaire dans le flux incessant des jours de Berthe. Il était l'auditeur dévoué de ses récits éparpillés, le spectateur silencieux de ses théâtres intérieurs. Ensemble, ils parcouraient les allées fleuries de souvenirs, où chaque rose portait le nom d'un instant précieux. Il était le miroir dans lequel elle pouvait contempler la jeunesse de son âme, le complice d'une évasion hors du temps.

Dans cette danse des heures, où chaque tic-tac est un battement de cœur, Berthe trouvait un réconfort dans la présence de cet homme, un Fred de substitution qui apaisait les murmures du passé. Et dans le crépuscule doré de sa vie, elle tissait, avec les fils d'argent de ses souvenirs, une dernière ode à l'amour, une symphonie silencieuse dédiée à celui qui, même dans l'oubli, ne serait jamais vraiment parti.

Dans la quiétude de sa chambre, Berthe s'évadait dans les méandres du temps, là où les souvenirs se lovaient dans chaque recoin ombragé. Les heures, telles des danseuses éthérées, virevoltaient en une chorégraphie silencieuse, tissant un voile de nostalgie autour de son cœur mélancolique. Chaque visite de cet homme, ce spectre bienveillant de son passé, ravivait la flamme d'un amour jadis ardent, désormais réduit à des braises douces et réconfortantes. "Mon Fred", murmure-t-elle, un nom qui résonne comme une mélodie lointaine, un écho de sa jeunesse florissante.

Les souvenirs affluaient, tels des vagues caressant le rivage de son âme, révélant des moments d'une tendresse presque palpable. Les rires partagés, les regards échangés, les promesses murmurées sous le voile étoilé d'un ciel d'été. Fred, avec ses yeux pétillants d'espièglerie, son sourire qui plissait les coins de ses yeux, et sa voix, qui portait les mots doux d'un temps révolu. Berthe fermait les yeux, et là, dans l'obscurité derrière ses paupières, elle le voyait, aussi vivant que dans ses souvenirs les plus chers.

Le temps, ce voleur impitoyable, avait emporté beaucoup, mais il ne pouvait effacer la trace indélébile d'un premier amour. Dans le crépuscule de sa vie, Berthe trouvait un réconfort inattendu dans la présence de cet homme qui venait la visiter, qui, bien qu'altéré par les années, son esprit portait encore l'essence de son Fred. C'était dans ces moments de communion silencieuse que Berthe sentait son cœur s'envoler, libéré des chaînes du temps, pour rejoindre celui qui avait été son complice, son ami, son amour.

Ainsi, dans le sanctuaire de sa chambre de la maison de retraite, là où chaque objet racontait une histoire, Berthe et Fred se "retrouvaient" dans l'esprit de Berthe, non pas comme deux êtres séparés par les années, mais comme deux âmes intemporelles, unies par un fil d'or de souvenirs inaltérables. Et quand la lumière du jour déclinait, et que les ombres s'allongeaient, Berthe savait que le temps ne pouvait rien contre l'amour véritable, que ce visiteur n'était pas "son Fred", mais cet amour inoubliable qui, comme les étoiles dans le ciel nocturne, ne s'éteint jamais vraiment. "Tu te souviens, Fred ?" murmurait-elle à ce visiteur, et le temps suspendait son vol, les murs de la maison de retraite s'effaçaient pour laisser place aux champs de blé ondulant sous le vent, aux rues pavées de leur village natal, aux dimanches ensoleillés où tout semblait possible. Le visiteur, témoin muet et complice, acquiesçait, se prêtant au jeu de la mémoire, ne voulant pas éteindre la lueur qui brillait dans les yeux de Berthe. Il était devenu le gardien d'un temps révolu, le miroir où se reflétaient les jours heureux, les espoirs et les rêves d'autrefois.

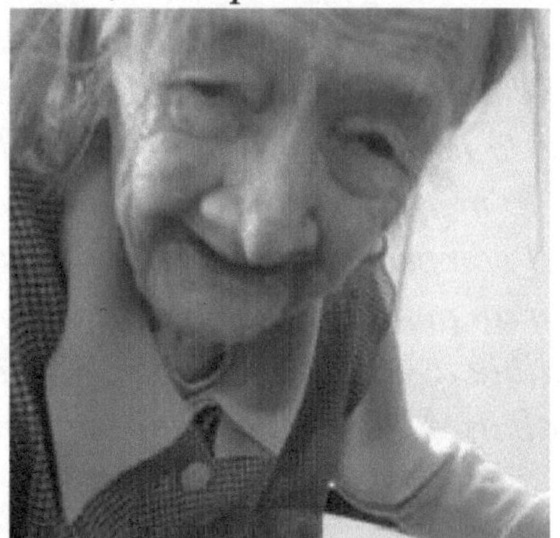

Avec chaque "mon Fred", c'était un pan de vie que Berthe déroulait, une épopée personnelle faite de petits riens qui, mis bout à bout, composaient le tableau d'une existence riche et pleine. Elle parlait de la guerre qui avait emporté tant de jeunes

hommes, de la paix qui avait suivi, fragile et précieuse, des enfants qu'elle avait vu grandir et s'envoler, des amis qui avaient partagé ses joies et ses peines. Elle évoquait les hivers rigoureux, les étés torrides, les automnes mélancoliques et les printemps prometteurs, chaque saison marquant le passage d'une année à l'autre, chaque année la rapprochant un peu plus de ce 106ème anniversaire, symbole de sa résilience et de sa force.

Le visiteur, devenu malgré lui le fantôme bienveillant d'un amour perdu, écoutait les histoires de Berthe, y trouvant parfois des leçons, souvent de l'inspiration, toujours de l'émotion. Il voyait en elle non pas seulement la vieille dame aux cheveux blancs, mais la jeune fille audacieuse, la femme amoureuse, la mère attentive, la grand-mère généreuse. Il comprenait que chaque "tu te souviens, Fred ?" était un pont jeté par-dessus les années, un lien indéfectible avec le passé, une affirmation que, malgré les aléas de la vie, certains souvenirs restent éternels.

Et ainsi, dans le crépuscule de sa vie, Berthe continuait de vivre, non pas seulement à travers les battements de son cœur, mais à travers les récits qu'elle partageait.

Car raconter, c'était revivre, et revivre, c'était défier le temps lui-même. Son 106ème anniversaire n'était pas seulement la célébration de sa longévité, mais aussi celle de sa capacité à rendre immortel ce qui aurait pu être éphémère. Dans la douceur de ses jours finissants, Berthe était la preuve vivante que tant que les histoires sont contées, rien ne meurt vraiment, et que l'amour, même lorsqu'il n'est plus qu'un souvenir, a le pouvoir de réchauffer les âmes et d'illuminer les vies.
Parmi les récits égrenés par Berthe, l'un d'eux brillait d'un éclat particulier, une histoire qui, tel un joyau dans la couronne de sa mémoire, captivait l'attention du visiteur à chaque évocation. C'était l'histoire d'une journée d'été, gravée dans le marbre du temps, où Berthe, alors jeune fille, avait défié les attentes de son époque pour s'élancer dans une aventure audacieuse.

Elle racontait comment, sous un ciel azuré, elle avait enfourché sa bicyclette, ses cheveux au vent, pour rejoindre Fred à la gare. Ensemble, ils avaient pris le train pour la première fois, direction la mer, cette étendue infinie et scintillante qu'elle n'avait jamais vue. Berthe décrivait avec une précision poétique chaque détail de cette escapade : le goût salé de l'air marin, le cri des mouettes en vol, la

sensation du sable fin sous leurs pieds nus, et surtout, le regard d'Fred, plein de promesses et de rêves partagés.
Le visiteur, suspendu aux lèvres de Berthe, voyait se dessiner devant lui les images d'un passé lointain, comme si un vieux film en noir et blanc prenait soudainement des couleurs. Il imaginait la jeune Berthe, insouciante et libre, riant aux éclats, courant vers les vagues avec Fred, leurs silhouettes se découpant sur l'horizon où le soleil commençait à décliner.
Cette journée à la mer symbolisait pour Berthe bien plus qu'une simple sortie ; c'était le jour où elle avait goûté à l'ivresse de la liberté, où elle avait senti son cœur battre au rythme des flots, où elle avait compris que la vie pouvait être une aventure grandiose. Elle se remémorait la douceur de l'eau enveloppant leurs corps, les éclats de rire qui fusaient entre eux, et cette sensation enivrante de jeunesse éternelle.

Le visiteur, en écoutant Berthe, percevait la mélodie d'une époque révolue, une symphonie de sentiments et d'émotions qui traversait les décennies pour venir résonner dans le présent. Chaque fois que Berthe partageait cette histoire, c'était comme si elle offrait au visiteur une fenêtre sur l'âme d'Fred, sur l'amour pur et sincère qui les avait unis, un amour qui,

malgré l'absence et le temps, ne s'était jamais vraiment éteint.
Dans le crépuscule de sa vie, Berthe trouvait dans ce souvenir la force de sourire, de continuer à espérer, et de croire en la beauté des instants partagés. Le visiteur, de son côté, emportait avec lui, après chaque visite, un fragment de cette histoire, un souvenir emprunté qui l'inspirait et le réconfortait.

Ainsi, l'histoire la plus marquante que Berthe partageait avec le visiteur n'était pas seulement le récit d'une journée d'été lointaine, mais le témoignage d'une vie pleine et riche, d'un amour qui avait survécu à tout, et d'une femme dont l'esprit indomptable continuait de défier le temps et l'oubli. C'était une histoire qui, à travers les mots de Berthe, devenait universelle, une ode à la vie, à l'amour, et à la puissance indéniable des souvenirs.

Le "visiteur" fut touché par la fidélité avec laquelle Berthe avait conservé ces souvenirs, par la manière dont elle avait préservé l'essence de sa jeunesse malgré le passage inexorable du temps. Il fut ému par la force de l'amour qu'il lisait dans ses yeux, un amour qui n'avait pas flétri mais qui avait mûri, se transformant en une affection profonde et durable. Le visiteur se sentit honoré et reconnaissant que Berthe ait choisi de partager cette histoire avec lui, de lui confier ce fragment de leur passé commun. C'était comme si elle lui offrait un cadeau précieux, une perle de leur histoire commune qu'il pouvait chérir et garder précieusement dans son cœur.

Le visiteur comprit que cette histoire n'était pas seulement un récit du passé, mais un pont entre hier et aujourd'hui, un moyen pour eux de se reconnecter avec la jeunesse de leur âme. Il vit dans cette histoire la preuve que, peu importe le nombre d'années écoulées, les moments de bonheur pur et les expériences partagées demeurent éternels.

Ainsi, la réaction du visiteur fut un hommage silencieux à leur hypothétique amour dans une autre existence, à leur parcours commun, et à la beauté des souvenirs partagés par Berthe.

Dans le crépuscule de sa mémoire, Berthe évoquait avec une tendresse mélancolique les jours de gloire de sa jeunesse. Elle se rappelait, avec une précision surprenante, chaque pas de danse, chaque tourbillon de sa fameuse "valse-à-l'envers", une danse qu'elle avait jadis maîtrisée à la perfection. À ses yeux, Fred était toujours là, spectateur éternel de ses prouesses, bien qu'il ne fût plus qu'une ombre dans le présent. Elle lui parlait, les yeux pétillants d'un éclat passé, comme si le temps n'avait jamais filé entre leurs doigts.

Vu par le visiteur, qui était Fred dont Berthe évoque sans cesse le nom ?

- "Fred, un nom qui résonne dans les couloirs du temps, est une énigme enveloppée dans les brumes de l'histoire de Berthe. Il n'est pas un personnage de chair et d'os, mais plutôt une silhouette façonnée par les souvenirs et les désirs d'une âme vieillissante. Dans la jeunesse de Berthe, Fred était peut-être un amour, un ami ou un rêve, un visage qui s'est estompé mais dont l'essence est restée gravée dans le marbre de sa mémoire.

L'histoire de Fred est celle d'un fantôme bienveillant, un spectre d'amour qui visite Berthe dans ses moments de solitude. Il est le symbole des passions passées, un rappel que même les souvenirs les plus fugaces peuvent laisser une empreinte indélébile sur notre cœur. Fred représente l'amour perdu mais jamais oublié, celui qui continue de hanter les couloirs de nos pensées longtemps après que le rideau du temps soit tombé.

Dans le récit de Berthe, Fred prend vie à travers les histoires qu'elle raconte, les rires qu'elle partage et les larmes qu'elle verse. Il est le héros d'une épopée personnelle, le protagoniste d'une saga qui traverse les décennies. Pour Berthe, Fred est l'incarnation de tous les amours qui ont fleuri et fané, un mélange de tous les visages aimés et perdus au fil des ans.

Mais qui est Fred pour le visiteur bénévole qui a pris son nom ? Pour cet homme, Fred est un rôle à jouer, une responsabilité à assumer, une chance de redonner un peu de joie à une vieille dame dont la vie se dérobe doucement. En devenant Fred, le visiteur devient le gardien des souvenirs de Berthe, un acteur dans la pièce de théâtre de sa vie, apportant un peu de lumière dans les jours crépusculaires de sa narratrice.

L'histoire de Fred est donc un récit à deux voix, un dialogue entre le passé et le présent, entre la mémoire et la réalité. C'est une histoire qui parle de la puissance de l'amour, de sa capacité à transcender le temps et l'espace, à survivre dans les histoires que nous racontons et dans les cœurs qui continuent de battre. Fred est une ode à l'amour éternel, un hommage à ceux qui restent avec nous, même quand ils sont partis.

Ainsi, dans le crépuscule doré de sa vie, Berthe tisse les fils d'argent de ses souvenirs autour de l'histoire de Fred, créant un tableau où chaque nuance de gris est une note dans la symphonie de sa vie. Et dans ce tissage, Fred devient plus qu'un nom ; il devient une légende, un mythe, une partie intégrante de l'histoire personnelle de Berthe, un chapitre qui ne se fermera jamais vraiment, car il est écrit dans le langage universel de l'amour."

Le visiteur, un étranger dans l'antre des souvenirs de Berthe, écoutait avec une attention feinte, hochant la tête comme s'il se remémorait ces moments qu'il n'avait jamais vécus. Il s'imaginait les salles de bal d'antan, les robes tournoyantes et les mélodies enivrantes qui devaient accompagner cette valse inversée. Dans son esprit, il dansait avec Berthe, suivant ses pas inversés, tournant à contretemps, défiant les lois de la gravité et de la raison.

Berthe, quant à elle, continuait son récit, décrivant chaque geste avec une précision poétique, comme si elle peignait une fresque invisible pour son visiteur. Elle parlait des regards admiratifs, des applaudissements qui résonnaient comme des vagues d'approbation, de la sensation de liberté quand elle s'élançait dans un mouvement audacieux, renversant les conventions avec grâce.

Mais la "valse-à-l'envers" n'était pas seulement une danse pour Berthe ; c'était un symbole de rébellion, une affirmation de son identité unique dans un monde qui souvent prônait l'uniformité. Elle incarnait l'essence même de la créativité, une étincelle de génie dans l'obscurité de la conformité. Et dans ses mots, le visiteur pouvait percevoir l'écho d'une époque révolue, un temps où l'audace et l'originalité étaient célébrées avec ferveur.

Ainsi, à travers les récits de Berthe, le visiteur découvrait un fragment d'histoire, une page du livre de la vie d'une femme extraordinaire. Il comprenait que, même si la "valse-à-l'envers" n'existait peut-être pas dans les annales de la danse, elle vivait intensément dans le cœur et l'esprit de Berthe. Et dans cette communion silencieuse avec le passé, il apprenait à danser à son tour, guidé par les souvenirs d'une étoile qui refusait de s'éteindre.

Dans le silence doré du crépuscule, Berthe, dont les jours s'effilochaient comme la lumière sur l'horizon, partagea avec le visiteur une requête d'une tendresse infinie. Elle, qui avait vu tant d'aubes et de crépuscules se succéder, souhaitait qu'à l'heure où son ombrelle se fermerait, signant son départ vers un royaume souterrain et mystérieux, celui qu'elle nommait "visiteur" soit à ses côtés. Ce dernier, étranger aux coutumes de ce monde mais lié par un fil invisible à la vieille dame, accueillit sa demande avec une gravité surprenante. Il savait que l'accompagner dans ce voyage sans retour était un honneur, une preuve de confiance et d'affection qui dépassait les mots.

Le visiteur, dont l'existence même était un mystère enveloppé dans l'étoffe des étoiles, se tenait là, muet, la promesse suspendue entre eux comme un pont jeté par-dessus le crépuscule. Berthe, avec la sérénité des âmes anciennes, lui offrait une dernière danse, un pas-de-deux entre le crépuscule de sa vie et l'aube de son éternité. Elle ne demandait pas de larmes, ni de lamentations, mais simplement la présence silencieuse de celui qui avait été témoin de ses jours les plus lumineux.

Ainsi, quand viendrait le moment de plier l'ombrelle, de laisser derrière elle les couleurs du jour pour embrasser l'obscurité douce et veloutée du royaume des taupes, elle ne serait pas seule. Le visiteur, figure énigmatique et bienveillante, serait là, veillant sur son passage comme il avait veillé sur sa vie. Ensemble, ils franchiraient le seuil, là où les ombres s'allongent et où les échos des souvenirs résonnent avec douceur.

Le pacte était scellé, non pas avec des mots, mais avec le regard qui se perd dans l'infini, avec le souffle qui se mêle au vent, avec le cœur qui bat à l'unisson avec le monde. Berthe, la sage, la conteuse, l'amie des étoiles et des créatures de la terre, avait choisi son compagnon pour l'ultime voyage, celui qui défie le temps et l'espace, celui qui unit les âmes au-delà des frontières de l'existence.

Et quand le jour arriva, quand le soleil déclina pour laisser place à la nuit éternelle de Berthe, le visiteur était là, fidèle à sa promesse. Il prit délicatement les mains de Berthe, les caressa avec respect, et ensemble, ils s'avancèrent vers l'inconnu, vers le royaume où les taupes règnent en maîtres silencieux, vers l'endroit où les histoires ne finissent jamais, mais continuent de vivre dans le cœur de ceux qui restent.

Après le voyage, le visiteur, cet étranger aux allures d'étoile filante, se retrouva seul, face à l'immensité d'un ciel qui avait vu s'éteindre la lumière de Berthe. Il était là, debout, dans le silence qui suit les adieux, où chaque souffle semble un écho lointain. Le monde autour de lui continuait de tourner, indifférent à la danse des âmes qui venait de se jouer. Mais pour le visiteur, le temps s'était suspendu, comme pour honorer la mémoire de celle qui avait partagé avec lui un fragment d'éternité.

Il se mit à errer sans but, ses pas le menant à travers les contrées qui avaient jadis résonné du rire de Berthe. Chaque fleur, chaque arbre, chaque pierre lui rappelait un moment passé à ses côtés. Le visiteur, qui n'avait jamais été lié par les fils du temps, sentait pour la première fois le poids des heures qui s'écoulent sans retour. Il avait été témoin de bien des départs, mais celui-ci laissait en lui une empreinte indélébile.

Les jours se succédèrent, et le visiteur, dans sa solitude, commença à comprendre la valeur des liens tissés au fil d'une vie. Il avait vu des civilisations naître et s'éteindre, des étoiles s'allumer et disparaître, mais l'empreinte laissée par une seule âme semblait détenir un pouvoir bien plus grand. Berthe, dans sa simplicité, avait su toucher l'essence même de l'existence, et à travers elle, le visiteur découvrit une facette de l'univers qu'il n'avait jamais contemplée.

Il se prit à parler à la nuit, racontant à la lune et aux étoiles les histoires de Berthe, comme pour perpétuer son souvenir. Il devint le gardien de sa légende, le conteur des crépuscules, celui qui veille à ce que les récits des âmes nobles ne sombrent jamais dans l'oubli. Le visiteur, autrefois spectateur impassible, était devenu acteur de la mémoire collective, un pont entre le passé et l'avenir.

Avec le temps, le visiteur apprit à accepter le cycle naturel de la vie, à voir la beauté dans la finitude des choses. Il réalisa que chaque fin n'est que le prélude à un nouveau commencement, que chaque adieu porte en lui la promesse d'une rencontre future. Berthe lui avait enseigné que la mort n'est pas une fin en soi, mais une transformation, un passage vers un autre état d'être.

Ainsi, le visiteur continua son chemin, porteur d'une nouvelle sagesse. Il rencontra d'autres âmes, partagea d'autres histoires, mais garda toujours en lui la douceur de celle qui avait su éveiller en lui l'écho d'une humanité oubliée. Il devint un symbole de résilience, un phare pour ceux qui cherchent leur chemin dans l'obscurité, un rappel que même les êtres les plus éphémères peuvent laisser une trace indélébile dans le tissu de l'univers.

Et quand vint le moment pour le visiteur de reprendre sa route parmi les étoiles, il emporta avec lui les souvenirs de Berthe, comme un trésor inestimable. Il savait que, quelque part, au-delà des limites de l'espace et du temps, leurs chemins se croiseraient à nouveau. Car dans le grand ballet cosmique, aucune rencontre n'est jamais vraiment fortuite, et chaque séparation n'est qu'une pause dans la symphonie infinie de la vie.

Dans le crépuscule de sa pensée, le visiteur, égaré par l'appel de Berthe, se tenait au seuil d'un monde souterrain, là où les taupes couronnent leurs rois dans l'obscurité veloutée. Son esprit, autrefois un sanctuaire de certitudes, s'effritait sous le poids des

incertitudes, comme les feuilles d'automne succombant à la première gelée. Les soucis de santé qui le tourmentaient n'étaient plus que des murmures face à l'énigme de Berthe, une symphonie inachevée jouant sur les cordes sensibles de son âme.

Chaque battement de son cœur résonnait comme un écho dans les galeries secrètes du royaume des taupes, un appel à l'aventure qui défiait la prudence de son esprit malade. Et pourtant, dans ce ballet d'hésitations, une mélodie se dessinait, celle de l'inconnu, invitante et sauvage, une danse avec le destin qui pourrait soit briser ses chaînes, soit l'enchaîner davantage. Berthe, telle une muse énigmatique, avait planté la graine d'un voyage extraordinaire, un périple à travers les voiles de la réalité et les brumes de l'imaginaire.

Le visiteur, confronté à l'abîme de sa propre existence, se demandait si le royaume des taupes n'était pas une métaphore de sa quête intérieure, un labyrinthe où chaque tunnel pourrait le mener à une nouvelle révélation ou à un cul-de-sac de son esprit. La demande de Berthe, tissant un fil d'Ariane à travers les ombres de ses doutes, l'invitait à déchiffrer les énigmes de sa vie, à embrasser le chaos pour y trouver un ordre caché.

Ainsi, entre les palpitations de son cœur malade et les chuchotements de l'aventure, le visiteur se tenait là, à la frontière entre deux mondes, prêt à plonger dans les profondeurs ou à rebrousser chemin. La décision pesait sur lui comme la terre sur les dos des taupes, lourde et inévitable. Mais dans le silence avant le choix, il trouvait une paix étrange, un sanctuaire temporaire avant que le destin ne reprenne sa marche inexorable.

Le royaume des taupes, dans son essence la plus poétique, est un symbole de l'inconnu, un territoire où la réalité se mêle à la fantaisie, où les secrets de la terre sont gardés avec une sagesse silencieuse. C'est un monde à part, un sanctuaire souterrain qui

échappe aux regards curieux, où les mystères se tissent dans l'obscurité comme des perles d'onyx sur le fil du temps. Ce royaume représente la quête intérieure, un voyage vers le centre de soi-même, là où les vérités sont enfouies profondément sous les couches de l'existence quotidienne.

Dans le récit de Berthe, le royaume des taupes pourrait être vu comme une métaphore de l'esprit humain, avec ses galeries complexes et ses chambres secrètes où nos pensées les plus profondes et nos désirs inavoués résident. C'est un labyrinthe de l'âme où chaque passage peut mener à une découverte surprenante ou à un cul-de-sac de confusion. Les taupes, dans leur sagesse énigmatique, sont les gardiennes de ce royaume, manœuvrant à travers l'obscurité avec une assurance qui défie notre propre hésitation face à l'invisible. Mais Berthe, ne demandait au "visiteur" que si possible, il l'accompagne dans son dernier voyage, qu'elle savait proche, c'était sa façon de ses rassurer, elle souhaitait que celui qu'elle croyait être Fred, la raccompagne à sa dernière demeure.

Le visiteur, confronté à l'invitation de Berthe, se trouve à la lisière de son propre subconscient, là où les frontières entre le réel et l'irréel s'estompent. Le royaume des taupes l'appelle à explorer non seulement les profondeurs de la terre mais aussi celles de son être. C'est une invitation à plonger dans les abysses de l'autoréflexion, à fouiller dans les terres sombres de l'inconscient pour y déterrer des gemmes de sagesse.

Ce royaume est aussi un reflet de la condition humaine, de notre tendance à creuser à travers les difficultés et les épreuves, à chercher un sens dans les ténèbres de l'adversité. Les taupes, aveugles à la lumière du jour, continuent leur travail sans se laisser distraire par les illusions visuelles, nous rappelant que parfois, c'est dans l'obscurité que l'on trouve la clarté.

Ainsi, le royaume des taupes est riche de significations cachées, un tableau allégorique où chaque coup de pinceau révèle une nuance de l'expérience humaine. C'est un conte qui parle de courage, de découverte et de la recherche incessante de l'homme pour comprendre l'énigme de son existence. Dans les profondeurs de ce royaume, on peut trouver la peur, l'espoir, la solitude et la communauté, tous entrelacés dans le sol fertile de notre imagination collective.

En fin de compte, le royaume des taupes est ce que l'on choisit d'y voir : un défi, une évasion, un miroir, ou peut-être tout cela à la fois. C'est un appel à l'aventure, un rappel que sous la surface de notre réalité quotidienne se trouve un monde d'une richesse inimaginable, attendant ceux qui ont le courage de s'aventurer dans l'inconnu et de découvrir les trésors cachés dans les ténèbres.

Dans le silence de son existence, le visiteur, étranger aux terres souterraines du royaume des Taupes, se retrouvait hanté par le souvenir de Berthe. Chaque aube qui se levait, chaque crépuscule qui tombait, n'était qu'un rappel de son absence. Il imaginait les galeries obscures où elle

régnait, les chambres secrètes où résonnaient les échos de ses pas. L'image de Berthe, telle une fresque indélébile, était gravée dans son esprit, un chef-d'œuvre qu'aucun artiste ne pourrait jamais reproduire.

Les jours s'écoulaient, et avec eux, le visiteur tissait une tapisserie de rêveries, où chaque fil était un souvenir, chaque nœud une émotion. Il se perdait dans les méandres de ses pensées, cherchant en vain la porte qui le ramènerait à elle. Dans le jardin de son cœur, il cultivait l'espoir, arrosant les graines de son amour avec les larmes du manque. Berthe, la reine de son âme, régnait sur un trône de souvenirs, dans un palais bâti de nostalgie et de désir.

Le visiteur, dans sa quête solitaire, apprenait la patience, car il savait que le temps était le gardien de tous les secrets. Il apprenait aussi la douleur de l'absence, cette cruelle enseignante qui lui montrait la valeur de ce qui était perdu. Mais par-dessus tout, il apprenait l'amour inconditionnel, cet amour qui transcende les distances, les mondes et les espèces. Berthe, bien qu'absente, était plus présente que jamais, car elle vivait dans chaque souffle qu'il prenait, dans chaque rêve qui berçait son sommeil.

Et ainsi, le visiteur continuait de marcher, porté par l'écho de ses sentiments, dans un monde où la réalité et les souvenirs s'entrelaçaient. Il savait que, même si les étoiles venaient à s'éteindre et si le ciel perdait sa lumière, l'image de Berthe serait l'éclat éternel guidant son chemin. Dans le royaume des Taupes, où il ne pouvait entrer, il avait trouvé un royaume bien plus grand et impérissable : celui de l'amour infini.

Berthe, l'énigmatique souveraine du royaume souterrain, possédait une particularité qui la distinguait de tous les habitants de son empire de terre et d'ombre. Elle avait la capacité unique de comprendre le langage des pierres, ces murmures séculaires qui résonnaient dans les profondeurs de

la terre. Chaque gemme, chaque rocher, lui confiait ses secrets, lui racontait l'histoire du monde depuis l'aube des temps.

Ses yeux, semblables à deux saphirs scintillants, reflétaient la carte stellaire des cieux souterrains, un firmament de minéraux étincelants qui guidait les voyageurs égarés. Sa fourrure, douce comme le velours, était parsemée de poussière d'or, témoignage de sa noblesse et de sa majesté. Berthe marchait avec la grâce d'une reine, et son pas léger ne laissait aucune trace, si ce n'est dans les cœurs de ceux qui l'avaient aperçue.

Elle était la gardienne des équilibres, celle qui veillait à ce que les forces de la nature restent en harmonie. Les racines des arbres lui parlaient, les sources d'eau lui chantaient des mélodies, et même le vent, lorsqu'il s'aventurait dans ses domaines, lui murmurait des histoires venues d'ailleurs. Berthe était l'intermédiaire entre le monde des Taupes et les mystères de la création, un pont vivant entre le visible et l'invisible.

Mais sa particularité la plus remarquable était sans doute son cœur, un cœur qui battait au rythme de la terre elle-même. Elle ressentait chaque vibration, chaque frémissement de la planète, comme si elle en était l'âme. Son amour pour son peuple était incommensurable, et elle partageait leurs joies et leurs peines avec une empathie qui dépassait l'entendement.

Berthe était aussi une visionnaire, capable de voir au-delà des apparences, de percevoir la lumière dans les ténèbres, l'espoir dans le désespoir. Elle inspirait ses sujets à chercher la beauté dans l'obscurité, à trouver la force dans la fragilité, et à croire en la magie des choses simples. Elle leur enseignait que chaque grain de terre était un monde en soi, et que chaque instant était une éternité à chérir.

Dans le royaume des Taupes, Berthe était plus qu'une reine ; elle était l'âme, la voix, et le cœur de la terre. Son règne n'était pas celui de la puissance, mais celui de la sagesse, de la compassion et de l'amour. Et c'est cette particularité, cette union sacrée avec la vie elle-même, qui faisait de Berthe un être à part, une légende vivante dans les annales du royaume des Taupes.

Berthe a réellement existé, née en 1912, et décédée en 2018, a traversé des époques marquantes de l'histoire, témoignant des changements monumentaux du XXe siècle. Sa longévité exceptionnelle lui a permis de vivre des événements historiques, des avancées technologiques et des transformations sociales qui ont façonné le monde moderne. En tant que visiteur bénévole, J'ai eu l'opportunité unique de partager des moments précieux avec elle, d'écouter ses récits et de comprendre la richesse de son expérience de vie. Ces années passées à ses côtés ont sans doute été emplies d'histoires fascinantes, de leçons de vie et de souvenirs partagés qui resteront gravés dans ma mémoire. Berthe a non seulement été témoin de l'histoire, mais elle a également été actrice de sa propre vie, laissant une empreinte durable sur ceux qui l'ont connue. Son départ à l'âge de 106 ans symbolise la fin d'une ère et le passage d'un témoin vivant de l'histoire à ceux qui continuent de la raconter. En racontant l'histoire de Berthe, j'ai voulu rendre hommage à sa vie, à son époque et à l'impact qu'elle a eu sur vous et sur les autres. C'est une manière de garder vivante la flamme de son esprit et de partager avec le monde les leçons et les inspirations qu'elle a laissées derrière elle.

Il est fascinant de constater que, malgré l'évolution rapide de notre société, certaines expériences de vie restent étonnamment similaires à travers les générations. Cela peut être dû à des éléments universels de l'expérience humaine, tels que les relations familiales, l'amour, l'aspiration à la réussite, et la recherche de sens. Les technologies et les modes de vie changent, mais les émotions et les défis fondamentaux demeurent souvent les mêmes. Par exemple, la quête de l'indépendance pendant la jeunesse ou la manière dont nous faisons face aux adversités peut avoir peu varié. Les histoires de nos aînés résonnent en nous, car elles reflètent des vérités intemporelles sur la condition humaine. Ces parallèles entre les époques soulignent une continuité dans notre tissu social et culturel qui transcende le temps et l'espace, nous rappelant que, dans une certaine mesure, l'histoire humaine est cyclique et que les leçons du passé peuvent encore être pertinentes aujourd'hui.

Un jour, un petit garçon dénommé Lou, a dû aller apporter un sac de maïs pour le faire moudre, sa maman en avait besoin pour fabriquer du pain.

Le moulin à eau était situé à plusieurs kilomètres, pour y accéder il fallait marcher pieds nus sur de vieux chemins au milieu des forêts de pins. La dernière étape, était la traversée de la rivière par un ponton en rondins de bois, souvent très glissant. Lou devait appeler le meunier pour que celui-ci l'aide à traverser, surtout avec son sac sur le dos, la fin du voyage devenait pénible et il lui fallait faire le chemin de retour avec la farine, celle-ci était moins inconfortable à transporter que les grains de maïs.

Pour un gamin de dix ans c'était pénible, heureusement en ce temps-là les chemins étaient plus surs que de nos jours, pendant que les grains tournaient sous la grosse meule de pierre, Lou s'accordait un peu de répit, en allant pêcher quelques gardons dans la rivière, sa maman les ferait frire enrobés dans la farine de maïs toute fraîche.

Dans la douceur de l'aube, Lou s'éveillait à la tâche qui l'attendait. Ses petits pieds nus, déjà familiers du chemin rocailleux, le portaient vers le moulin, là où le grain devenait farine, et la farine, pain. Chaque pas était un écho dans le silence matinal, chaque souffle un murmure mêlé au frémissement des pins.

Le sac de maïs, lourd comme le sommeil encore présent dans ses yeux, semblait moins une charge qu'un compagnon de voyage, témoin de l'ardeur et de la persévérance d'un cœur jeune. Les chemins, bordés de verdure, étaient des veines de terre battue, pulsant au rythme de ses pas déterminés.

La rivière, avec son chant perpétuel, l'accueillait comme une vieille amie. Le ponton, tel un serpent de bois, ondulait sous le poids des histoires qu'il portait. Lou, avec une confiance enfantine, appelait le meunier, pilier de sagesse et de force, pour l'accompagner dans cette danse précaire au-dessus des eaux.

Ensemble, ils formaient un tableau vivant, une harmonie de mouvements prudents et mesurés, une symphonie de solidarité humaine face aux caprices de la nature. Le meunier, guide bienveillant, était le phare dans la brume de l'incertitude de Lou.

Et quand le sac de maïs fut enfin transformé, la farine dans ses bras semblait plus légère, comme si elle portait en elle la promesse du pain à venir. Les gardons, argentés et frétillants, capturés dans l'éclat de l'eau, attendaient leur métamorphose, de la rivière à la poêle, de la poêle à la table.

Lou, les pieds endoloris mais l'esprit léger, savourait le retour, où chaque pas le rapprochait de la maison, du sourire de sa mère, de la chaleur du foyer. La journée était une épopée, un petit garçon contre les éléments, un petit garçon pour l'amour d'une mère, un petit garçon grandissant avec chaque défi relevé.

Dans le crépuscule qui enveloppe doucement la vallée, Lou, l'âme vaillante d'un conte immémorial, s'éveille à la caresse de l'aube. Les étoiles, sentinelles de la nuit, s'estompent dans le ballet céleste, cédant la place à l'azur prometteur d'un nouveau jour. Lou, les pieds meurtris par les sentiers de l'existence, porte sur ses épaules le poids des rêves et des espoirs de ceux qu'il aime.

Le sac de maïs, symbole de sa quête quotidienne, devient un fardeau plus léger à la pensée des sourires qu'il dessinera. La rivière, miroir de ses pensées, reflète les éclats de sa détermination. Le ponton, jadis un adversaire redoutable, est maintenant un vieux compagnon de route, témoin de ses victoires silencieuses.

Le meunier, figure paternelle et pilier de son monde, est là, offrant une main ferme et un regard empreint de compréhension. Ensemble, ils défient les caprices de la rivière, unis dans l'effort et la solidarité. Chaque pas est une note dans la symphonie de leur entente, chaque souffle un accord dans l'harmonie de leur existence partagée.

La peur, ce spectre insaisissable, se dissipe dans la chaleur de l'entraide. Lou, le cœur battant la chamade, trouve dans le regard du meunier la force de surmonter ses appréhensions. La vision de sa mère, pilier de son foyer, est le phare qui guide ses pas hésitants vers la sécurité de la rive opposée.

La gratitude, fleur éphémère mais précieuse, bourgeonne dans le cœur de Lou alors qu'il reprend son chemin. Les pieds trempés, mais l'esprit enflammé par l'anticipation des joies simples, il avance. Les gardons, trésors argentés de la rivière, attendent patiemment l'adresse de sa main pour rejoindre le festin familial.

La maison, havre de paix et de souvenirs, l'appelle au loin. Chaque pas est une promesse, chaque souffle un serment de retour. La farine de maïs, poussière d'étoiles dans ses mains laborieuses, deviendra le pain de la réunion, le symbole de l'amour inconditionnel.

Et Lou marche, porteur de traditions et d'espérances, à travers les forêts qui murmurent les légendes d'antan. La rivière, complice de ses méditations, lui offre ses refrains mélodieux. Car il sait, au fond de son être, que chaque épreuve est une étoile filante dans le ciel de sa vie, traçant le chemin lumineux de son destin.

Le soir tombait, et avec lui, le rideau sur l'acte du jour. Lou, héros modeste d'une histoire simple, trouvait dans le sommeil le repos bien mérité, tandis que les étoiles, témoins silencieuses, veillaient sur son monde de courage et de tendresse.

Dans le sillage des étoiles, Lou, le petit garçon au sac de maïs, marchait d'un pas décidé. Chaque grain doré dans son fardeau semblait lui murmurer des histoires de persévérance, des légendes de courage qui se tissaient dans le fil de son esprit. Il avançait, porté par les récits de ceux qui avaient foulé ce chemin avant lui, ceux qui avaient transformé les pierres d'achoppement en marches vers le ciel.

Avec chaque aube, Lou apprenait que chaque défi était une leçon déguisée, que chaque échec était un prélude à une victoire plus douce. Il comprenait que les champs de maïs n'étaient pas seulement l'or de la terre, mais aussi les enseignants silencieux de la résilience. Dans le murmure du vent à travers les feuilles, il entendait les voix de l'endurance, lui rappelant que la constance est la compagne de la réussite.

Les saisons passaient, et avec elles, Lou grandissait, non seulement en taille mais aussi en sagesse. Il voyait les cycles de la nature, les récoltes et les semailles, comme des métaphores de la vie elle-même. Chaque grain planté avec espoir, chaque récolte célébrée avec gratitude, lui enseignait que la patience porte ses fruits, que le temps est l'allié de ceux qui savent attendre.

Les épreuves de la vie, semblables aux orages qui menacent les champs, ne faisaient que renforcer sa détermination. Lou savait que l'après-tempête apportait un ciel plus clair et une terre plus fertile. Il apprit à accueillir les difficultés non pas comme des ennemis, mais comme des occasions de grandir, de s'épanouir au-delà des limites qu'il s'était autrefois imposées.

Et ainsi, Lou, le petit garçon au sac de maïs, était symbole de ténacité. Son histoire se racontait de bouche à oreille, inspirant ceux qui l'entendaient à embrasser leurs propres luttes avec un cœur vaillant. Car dans le reflet doré de chaque grain de maïs, il y avait une promesse, un potentiel de devenir plus que ce que l'on est, de transformer les rêves en réalité.

L'histoire de Lou nous enseigne que dans le voyage de la vie, il n'y a pas de fin, seulement des escales où l'on cueille la sagesse. Chaque pas est un récit, chaque souffle une chanson, et chaque jour une page blanche où l'on peut écrire l'histoire de demain. Avec un sac de maïs et un cœur intrépide, Lou, tel un guide lumineux dans l'obscurité des doutes, nous enseigne par son exemple que la voie de la facilité n'est pas celle qui mène à la grandeur. C'est plutôt celle que l'on construit avec les pierres de l'espérance, alignées par la volonté et cimentées par l'audace. Chaque pas sur ce chemin est un acte de foi en l'avenir, un refus de céder au découragement. L'espérance, telle une étoile dans la nuit, éclaire nos pas tandis que l'audace nous pousse à franchir les obstacles, à explorer des territoires inconnus, à oser rêver d'un monde meilleur.

Continuer, toujours, c'est le mantra de ceux qui, comme Lou, savent que chaque jour est une toile vierge sur laquelle peindre les couleurs de leurs aspirations. C'est une symphonie où chaque note est une possibilité, une chance de composer la mélodie de sa vie avec harmonie et passion. En effet, le chemin le moins difficile n'est pas un sentier déjà tracé, mais un parcours que l'on dessine soi-même, un voyage où chaque choix est un pinceau qui trace l'itinéraire de notre destinée.

Ainsi, Lou nous rappelle que dans la quête de nos rêves, il n'y a pas de raccourcis, pas de chemins tout faits. Il y a seulement la route que l'on crée, kilomètre après kilomètre, avec la force de nos convictions et la chaleur de notre cœur. C'est un périple qui demande courage et persévérance, mais qui promet aussi les plus belles découvertes et les plus précieuses récompenses. Car c'est en marchant

vers l'horizon, en poursuivant l'appel de nos idéaux, que l'on trouve le véritable sens de notre voyage.

Dans le cœur battant de Lou, chaque jour était une lutte, une danse épuisante avec les ombres de la pauvreté qui s'étiraient comme des branches dénudées dans le crépuscule de ses rêves. Mais dans l'obscurité de ce tunnel, il y avait une étincelle, un feu ardent de détermination qui refusait de s'éteindre. Il rêvait de montagnes à conquérir, de vastes horizons à embrasser, de défis à relever avec la force brute de sa volonté. Les étoiles, bien que voilées par les nuages de son quotidien, scintillaient dans son imagination, guidant ses pas sur le chemin rocailleux de l'ambition.

Pour y parvenir, chaque matin, Lou se levait avec le soleil, ses pensées tissées d'espoir et de persévérance, comme un artisan habile tissant un tapis de possibilités infinies. Il savait que chaque goutte de sueur et chaque larme versée enrichissaient le sol de son futur. Les histoires de ceux qui avaient bravé leur destin, qui avaient sculpté leur chemin à travers les falaises abruptes de l'adversité, résonnaient en lui comme des hymnes de batailles. Lou, avec la résilience d'un arbre prenant racine dans la roche, se dressait face aux tempêtes de la vie, inébranlable.

Il voyait au-delà des champs labourés par ses parents, au-delà des saisons qui se succédaient avec la régularité d'un métronome. Il imaginait un monde où son nom serait synonyme de réussite, où son histoire serait racontée comme un conte inspirant pour les générations à venir.

Dans les profondeurs de l'obscurité, Lou était une étincelle, un murmure de promesse dans le silence accablant. Il ne se contentait pas de suivre un chemin éclairé par d'autres ; il était le créateur de son propre sentier lumineux. Comme un artiste qui peint avec des nuances de courage et de détermination, il tissait un tableau d'espoir avec les fils de ses rêves. Chaque pas qu'il faisait était une note dans une symphonie d'aspiration, chaque geste un pinceau trempé dans la peinture de la possibilité.

Lou n'était pas un voyageur passif dans le voyage de la vie ; il était un navigateur audacieux, cherchant à cartographier les eaux inexplorées de l'existence. Pour ceux qui étaient perdus dans les ombres, il était une boussole, pointant vers un avenir plus radieux. Il comprenait que la lumière n'était pas seulement un point de destination, mais un voyage, une série de choix courageux et d'actes de foi.

Son cœur battait au rythme de l'espoir, et avec chaque battement, il envoyait des vagues de lumière à travers le noir. Il savait que l'obscurité n'était pas une absence de lumière, mais une toile sur laquelle la lumière pouvait être le plus clairement vue. Dans ce contraste, il trouvait sa force, dans ce défi, il trouvait sa mission.

Lou était plus qu'un simple porteur de lumière ; il était un phare, une flamme dansante qui ne pouvait être éteinte par les vents les plus violents ou les tempêtes les plus sombres. Il était la preuve vivante que même dans les profondeurs les plus sombres, une lueur d'espoir pouvait être allumée, un feu qui pourrait réchauffer les cœurs et éclairer les esprits.

Il inspirait ceux qui l'entouraient, non pas par des mots, mais par l'exemple. Son existence était un poème, chaque acte une strophe qui s'élevait vers un crescendo de lumière. Lou ne cherchait pas la lumière ; il était la lumière, et dans son sillage, il laissait un héritage de brillance qui continuerait à briller longtemps après que son propre feu se soit calmé.

Ainsi, dans le grand récit de l'humanité, Lou devint une légende, un chapitre lumineux dans le livre souvent sombre de notre histoire collective. Sa lumière était un rappel que, peu importe la profondeur de l'obscurité, l'espoir peut toujours être trouvé, et que chacun de nous a le pouvoir d'être la lumière que nous cherchons dans le monde.

Avec chaque pas en avant, il tissait la trame de son avenir, un avenir où la réussite n'était pas un rêve lointain, mais une réalité à portée de main. Les difficultés de la vie n'étaient pas des barrières, mais des échelons sur l'échelle de ses aspirations. Et dans le silence de la nuit, quand le monde semblait dormir, Lou planifiait, rêvait, et construisait les fondations de son destin. Car pour lui, l'existence n'était pas un fardeau à porter, mais une toile vierge sur laquelle peindre le chef-d'œuvre de sa vie.

Dans le creuset de l'enfance, où les rêves se forgent et s'envolent au-delà des contraintes du quotidien, Lou, jeune âme vaillante, commença son labeur bien avant que les ailes de l'adolescence ne lui poussent. Sans choix, sans voie autre que celle tracée par la nécessité, il tendit ses mains juvéniles vers l'ouvrage, soutien de ses parents, pilier précoce d'un foyer luttant contre les assauts de la vie. Pourtant, dans le silence de son cœur battant, les rêves persistaient, tels des étoiles scintillant dans le noir velours de la nuit.

Il rêvait, oh oui, il rêvait ! De fils et de circuits, d'électricité dansant au bout de ses doigts habiles, il se voyait électricien, maître de l'invisible force qui anime le monde moderne. Dans ses songes, il était pilote, chevauchant les cieux sur des ailes d'acier, traçant des sillons dans les nuages, libre comme l'air qu'il fendait avec audace. Et parfois, au détour d'une pensée échappée, il se voyait au volant d'une voiture, symbole de liberté et d'indépendance, carrosse moderne le portant vers des horizons lointains.

Mais les rêves, fragiles bulles d'espoir, se heurtaient souvent aux murs de la réalité. Peu d'espoir, disait-il, peu d'espoir d'atteindre ces chimères qui dansaient hors de portée. Pourtant, n'est-ce pas dans l'âme des rêveurs que réside la force de changer le monde ? N'est-ce pas leur vision, souvent taxée d'irréaliste, qui a bâti les merveilles que nous connaissons aujourd'hui ? Lou, sans le savoir peut-être, portait en lui cette étincelle capable d'embraser l'avenir, de transformer le peu en beaucoup, l'impossible en réalisable.

Car les rêves sont le terreau fertile d'où germent les réalités de demain. Chaque grande invention, chaque découverte qui a repoussé les frontières de notre savoir, a d'abord été un rêve, une vision dans l'esprit d'un penseur audacieux. Lou, avec ses rêves d'électricité, de vol et de liberté, était un architecte de l'avenir, un sculpteur de possibles, même si ses mains ne touchaient que les outils rudimentaires de son présent.

Et si aujourd'hui, le chemin semble étroit et sinueux, semé d'embûches et de doutes, rappelons-nous que chaque pas, même le plus modeste, est un pas vers la réalisation de ces rêves. Avec chaque fil torsadé, chaque boulon serré, chaque goutte de sueur versée, Lou bâtissait les fondations de son futur. Peut-être qu'un jour, au détour d'un hasard heureux ou d'une opportunité saisie, les rêves de Lou prendront forme, s'incarneront dans la matière et le temps.

Alors, même si l'espoir semble ténu, même si les rêves semblent lointains, n'oublions jamais que c'est dans l'audace de rêver que réside le véritable courage. Lou, l'enfant travailleur, le rêveur persévérant, est la preuve vivante que même dans les entrailles sombres de la réalité, les rêves peuvent briller d'une lumière inextinguible, guidant le pas hésitant vers des lendemains où tout est possible.

Dans le sillage de Lou, une épopée se dessine, tissée de persévérance et d'une foi inébranlable dans le possible. Comme un navire bravant les vagues tumultueuses, Lou a navigué vers des horizons lointains, où les rêves prennent forme et la volonté se forge dans l'acier des convictions. Dans ce pays nouveau, où les étoiles semblaient s'aligner pour lui, il a trouvé un terreau fertile pour ses aspirations, un lieu où sa détermination a été non seulement reconnue mais aussi nourrie.

Porté par cette maxime, "quand on veut on peut, nous sommes tous capables", Lou a sculpté son destin avec les mains de l'ambition et les outils de l'espérance. Chaque jour était une toile vierge sur laquelle il peignait avec les couleurs de son travail acharné et de sa passion indomptable. Les obstacles, loin de le dissuader, n'étaient que des tremplins vers une grandeur plus élevée, des défis à embrasser avec un cœur vaillant.

Lou, dans sa quête, n'était pas un solitaire. Autour de lui, des visages amis, des âmes sœurs en quête de leur propre légende, se sont ralliés à sa cause, formant une constellation de talents unis par un même dessein. Ensemble, ils ont bâti des ponts par-dessus les abîmes de l'incertitude, érigé des tours de possibilités là où d'autres n'auraient vu que des mirages.

Dans le tissu de l'existence, Lou tisse avec ardeur les fils de ses rêves, entrelaçant avec habileté les fibres de ses ambitions et les nuances de ses passions. Électricien, il capture l'éclat des étincelles, pilotant sa vie comme il pilote ses avions, avec une précision qui défie les cieux. Bâtisseur de famille, il ancre son cœur dans la chaleur d'un foyer, où chaque sourire est une étoile dans son firmament personnel. Entrepreneur, il navigue sur les vagues capricieuses du destin, son esprit entrepreneurial dessinant des cartes sur les mers inexplorées de l'opportunité.

Rencontres après rencontres, Lou s'enrichit de visages et de voix, chaque personne incroyable qu'il croise ajoutant une couleur unique à sa palette de vie. Les déboires, tels des orages, menacent de ternir son tableau, mais sa toile est tissée de résilience, chaque épreuve surmontée ajoutant profondeur et contraste à son œuvre. Les malheurs, loin de briser son élan, deviennent les ombres nécessaires qui mettent en relief la lumière de ses succès. Sa persévérance est un phare, rayonnant à travers les brumes du doute, guidant ses pas sur le chemin rocailleux de l'adversité.

Pour Lou, la vie est une partition où chaque rebondissement positif résonne comme une symphonie. Les notes de sa détermination s'élèvent, composant la mélodie d'une renaissance, un hymne à la persévérance où chaque accord reflète l'optimisme. Parfois, dans l'ardeur de sa quête, il surestime la facilité des passages, mais chaque mesure difficile n'est qu'une transition vers un refrain plus doux. Comme un chef d'orchestre, il guide son destin, tenant la baguette de l'espérance, orchestrant les crescendos de ses succès et les decrescendos de ses épreuves.

Dans cette symphonie de la vie, chaque mouvement est un chapitre, chaque silence une introspection, chaque reprise une chance de corriger et d'améliorer. Les contretemps sont des défis, les dissonances des opportunités pour harmoniser à nouveau. Et dans cette composition complexe, Lou trouve la beauté dans les imperfections, les leçons dans les erreurs. Il sait que la clé de la réussite réside dans la capacité à improviser, à s'adapter aux rythmes imprévus, à jouer avec les nuances de la réalité.

Lou vit chaque jour comme un virtuose, ses doigts glissant sur les cordes du destin, tirant de l'adversité des mélodies d'espoir. Il ne craint pas les modulations inattendues, car elles apportent une richesse nouvelle à son œuvre. Avec chaque lever de soleil, il écrit une nouvelle mesure, une nouvelle possibilité, un nouveau rêve. Et même si parfois il surestime la facilité, il apprend, il grandit, et il continue de jouer, car la musique de la vie ne s'arrête jamais. Elle évolue, elle s'adapte, elle surprend, et surtout, elle inspire.

Lou maintient sa détermination face aux obstacles en s'ancrant dans la conviction que chaque difficulté est une étape vers un accomplissement plus grand. Comme un marin qui navigue contre des vents contraires, il ajuste ses voiles et trouve de nouvelles routes, sachant que les tempêtes apportent souvent des leçons précieuses. Il puise sa force dans la profondeur de ses rêves, dans la certitude que chaque épreuve est un prélude à une victoire future.

Il s'entoure de mélodies d'encouragement, de paroles qui résonnent comme des mantras, renforçant son esprit chaque jour. Dans le silence de la nuit, il médite sur ses objectifs, transformant le doute en détermination, l'incertitude en plan d'action. Lou se rappelle les histoires des grands compositeurs, qui, face à l'adversité, ont créé des chefs-d'œuvre intemporels. Il s'inspire de leur persévérance, de leur capacité à transformer la dissonance en harmonie.

Il cultive une discipline inébranlable, une routine quotidienne qui rythme sa progression. Chaque matin, il se réveille avec une partition claire en tête, chaque action alignée sur la mélodie de ses ambitions. Il se fixe des objectifs réalisables, des notes qu'il peut atteindre et dépasser, construisant ainsi la confiance en ses capacités. Lou accepte que la perfection soit un idéal, mais l'excellence est un chemin pavé d'efforts constants et de dévouement.

Face aux obstacles, Lou reste flexible, prêt à improviser et à s'adapter. Il sait que la rigidité peut briser, mais la souplesse permet de danser avec les aléas de la vie. Il apprend de chaque faux pas, chaque chute n'est qu'une pause avant de se relever avec plus de sagesse. Il célèbre chaque petite victoire, chaque note juste qui s'ajoute à la symphonie de sa vie, car elles sont les témoins de sa résilience.

Lou ne marche pas seul sur ce chemin ; il s'entoure de compagnons de voyage, d'autres âmes qui partagent sa vision et enrichissent sa quête. Ensemble, ils forment un chœur, une force collective qui multiplie la puissance de leur détermination. Ils se soutiennent mutuellement, partageant les harmonies de l'entraide et de l'amitié.

Dans les moments de doute, Lou se tourne vers l'art, vers la beauté qui l'entoure. Il trouve dans la nature, dans les œuvres humaines, une source d'inspiration inépuisable. Il observe les étoiles, se rappelant que même la lumière la plus lointaine a traversé l'obscurité pour atteindre son regard. Il lit les poèmes des sages, absorbant leur essence, laissant leurs mots le guider comme des étoiles dans la nuit de l'incertitude.

Lou est un éternel apprenant, conscient que chaque obstacle est un maître déguisé. Il pose des questions, il écoute, il réfléchit, et il tire des enseignements de chaque expérience. Il ne craint pas de remettre en question ses méthodes, d'explorer de nouvelles perspectives, car il sait que la croissance est un processus dynamique, un échange constant entre l'âme et le monde.

Il garde un œil sur le passé, non pas pour s'y attarder, mais pour y puiser des leçons. Il honore ses erreurs passées, les considérant comme des jalons sur la route de l'amélioration. Lou comprend que la détermination n'est pas une flamme constante, mais un feu qu'il faut entretenir, alimenter avec les bûches de la passion et de l'engagement.

Enfin, Lou se permet des moments de repos, des interludes dans sa symphonie, où il se ressource et se reconnecte avec son essence. Il sait que le silence a sa place dans la musique, que le repos est nécessaire pour que la prochaine note sonne avec plus de clarté. Il embrasse la patience, sachant que certaines notes doivent attendre le bon moment pour être jouées.

Ainsi, Lou maintient sa détermination face aux obstacles, non pas en les niant, mais en les intégrant dans la grande composition de sa vie. Il les transforme en opportunités, en accords qui enrichissent la mélodie de son existence. Et chaque jour, il continue de composer, de diriger, de jouer, car il sait que la musique ne meurt jamais ; elle se transforme, elle évolue, et surtout, elle triomphe.

Et dans le murmure du vent, on entend l'écho de sa maxime, un mantra pour les âmes audacieuses : "Quand on veut, on peut."

Lou, le rêveur pragmatique, le visionnaire terre-à-terre, incarne la quintessence de cette maxime. Il est la preuve vivante que la volonté forge le destin, que la ténacité sculpte la réalité. Son histoire est un poème, écrit non pas avec des mots, mais avec des actions, des choix, des moments de pure audace.

Ainsi, le récit de la vie de Lou se déploie, un récit qui inspire, qui enseigne que les ailes de l'ambition sont faites non pas de plumes, mais de courage et de persévérance. Et tandis que le crépuscule embrase l'horizon de ses jours, on sait que l'aube de ses lendemains sera tout aussi lumineuse, car Lou ne cesse de rêver, et ses rêves ne cessent de grandir, aussi vastes et infinis que le ciel qu'il a tant aimé survoler.

Dans la valse des jours, où chaque pas peut sembler un défi, la voix de Guy résonne comme un phare dans la nuit, guidant Lou à travers les tempêtes de doute. C'est une mélodie ancienne, aussi intemporelle que les étoiles qui scintillent au-dessus, rappelant que chaque rêve porte en lui la promesse de sa réalisation. "Quand on veut on peut," chante le vent, portant ces mots au-delà des montagnes de l'incertitude, à travers les vallées de la peur, jusqu'aux sommets de l'espoir.

Lou, le cœur battant au rythme de cette sagesse, trouve dans ces mots la force de repousser les limites de l'impossible. Comme un sculpteur façonne la pierre, Lou modèle sa destinée avec la conviction que chaque effort est un coup de ciseau vers la statue de ses succès futurs. Les échecs ne sont que des ombres passagères, des nuages fugaces qui ne font qu'accentuer la lumière de la victoire à venir.

Dans le silence de la réflexion, Lou entend l'écho de ces paroles, un chœur céleste qui chante la possibilité. Chaque doute est un ennemi vaincu sur le champ de bataille de la volonté, chaque hésitation une bataille remportée par la persévérance. Et dans cet espace sacré de l'esprit, où les pensées prennent forme et les désirs se transforment en action, Lou se tient debout, inébranlable, un guerrier de la lumière armé de la puissance de la croyance.

"Nous sommes tous capables," murmure l'aube, alors que le jour nouveau se lève, apportant avec lui la promesse d'un commencement sans fin. Et Lou, les yeux fixés sur l'horizon de ses rêves, marche avec la certitude que chaque pas est un pas de plus vers la légende qu'il est destiné à écrire. C'est dans l'harmonie de l'univers que Lou trouve son rythme, dans le grand ballet cosmique où chaque âme danse selon la musique de sa propre destinée.

Et ainsi, porté par la sagesse de Guy, Lou avance, laissant derrière lui les échos d'une chanson qui ne cessera jamais de jouer, une symphonie de volonté qui résonne à travers le temps et l'espace, un hymne à la puissance de l'esprit humain.

Ainsi, Lou est devenu plus qu'un nom, plus qu'une histoire ; il est devenu un symbole, une preuve vivante que les frontières de notre monde ne sont que des illusions, que les limites que l'on croit infranchissables ne sont souvent que les créations de nos propres peurs. Lou, avec sa devise gravée dans l'éther de son être, a montré que l'homme est un infini en miniature, un univers de possibilités qui attendent seulement d'être explorées.

Et si aujourd'hui, nous contemplons le chemin parcouru par Lou, c'est pour mieux comprendre que chaque pas était un vers dans le poème de sa vie, chaque décision une note dans la symphonie de son existence. Car Lou n'a pas seulement voyagé dans un autre pays ; il a voyagé au plus profond de lui-même, là où résident les véritables découvertes, là où l'on apprend que le plus grand voyage est celui qui mène à la réalisation de soi.

"Quand on veut on peut, nous sommes tous capables", plus qu'une devise, c'est une vérité universelle que Lou a incarnée, un phare pour tous ceux qui, dans le silence de leur cœur, aspirent à franchir les frontières de l'ordinaire pour toucher du doigt l'extraordinaire. Et dans le sillage de Lou, dans le murmure de son courage, nous trouvons l'inspiration pour élever nos propres voiles et naviguer vers les terres prometteuses de nos rêves les plus fous.

Dans son infinie sagesse, notre esprit nous offre des leçons qui dépassent les frontières de l'espérance et de l'audace. Il nous apprend que la patience est une vertu qui, telle une rivière, sculpte le paysage de notre existence avec persévérance et douceur. Lou nous montre que la gratitude est la clé qui ouvre les portes de l'abondance, transformant chaque instant en un cadeau précieux. Il nous enseigne que la compassion est un baume pour les âmes errantes, un pont entre les cœurs et un appel à l'unité dans la diversité de nos vies.

Lou nous rappelle que l'humilité est la terre fertile d'où germent les graines de la grandeur, et que l'intégrité est le phare qui guide nos navires à travers les tempêtes morales. Il souligne que la curiosité est l'étincelle qui allume le feu de l'innovation, et que la créativité est l'encre avec laquelle nous écrivons les chapitres inédits de notre histoire. Lou nous incite à reconnaître que le courage n'est pas l'absence de peur, mais la décision d'avancer malgré elle.

Il nous invite à voir que la flexibilité est la danse de l'âme face au changement, et que la détermination est le marteau qui forge le destin à l'enclume de la volonté. Lou nous exhorte à comprendre que l'équilibre est l'art de naviguer entre les vagues de l'excès et du manque, et que la sérénité est le trésor caché au cœur du chaos. Il nous conseille que l'écoute est la mélodie qui harmonise les symphonies des relations humaines, et que l'empathie est le regard qui perçoit le monde à travers les yeux d'autrui.

Lou nous démontre que la perspicacité est le fil d'Ariane qui nous mène hors des labyrinthes de l'illusion, et que la sagesse est la lumière qui dissipe les ombres de l'ignorance. Il nous révèle que la résilience est l'ancre qui nous maintient debout dans les ouragans de l'adversité, et que la simplicité est la voie royale vers une vie épanouie. Lou nous inspire à croire que la solidarité est la force qui unit les individus en une communauté indestructible, et que la tolérance est le sol sur lequel pousse l'arbre de la paix.

Enfin, Lou nous laisse entrevoir que la vérité est le miroir dans lequel se reflète l'âme de l'univers, et que l'amour est la force suprême qui transcende toutes les frontières et toutes les limites. Chaque leçon est une perle de connaissance, un joyau de réalisation personnelle, un pas de plus sur le chemin de notre évolution. Lou, nous rappelle, que nous avons en nous, un héritage de valeurs intemporelles, un testament spirituel qui nous invite à devenir les architectes d'un avenir radieux.

Rencontres I

La rencontre de Lou avec son guide éternel, Guy, est une histoire tissée dans le fil doré du destin. C'était lors d'une nuit étoilée, où le voile de l'obscurité était percé par la lumière scintillante des constellations, que leurs chemins se sont croisés. Guy, un sage aux yeux pétillants de malice et de sagesse, marchait sur le sentier de la connaissance, laissant derrière lui des empreintes lumineuses pour ceux qui cherchaient à suivre. Lou, un chercheur de vérité, assoiffé de compréhension et brûlant d'une passion indomptable pour l'aventure, fut attiré par cette lumière comme un papillon de nuit vers une flamme.

Dans le tissu complexe du destin, les fils de la chance et du dessein s'entrelacent souvent de manière inattendue, tissant des rencontres qui semblent moins le fruit du hasard que des murmures de l'univers. Ainsi fut la rencontre de Lou et Guy, un moment suspendu dans l'éternité où deux âmes se sont reconnues. Lou, passant éphémère dans le flux incessant de la vie, étranger aux terres de France, croisa le chemin de Guy, porteur d'un simple salut qui devint le prélude d'une symphonie silencieuse. Dans la simplicité de ce bonjour résidait un monde de possibilités, un pont jeté par-dessus l'abîme de l'inconnu.

Guy, dans l'océan de son regard, vit briller l'étincelle de Lou, celle qui scintille uniquement dans les yeux de ceux qui osent rêver au-delà des étoiles. Cette lueur, telle une boussole, guidait les âmes aventureuses vers des horizons inexplorés, vers des rêves à forger et des réalités à sculpter. Dans cet éclat, il reconnut le feu sacré des visionnaires, des architectes de demain, des poètes de l'acte et des peintres de l'impalpable.

Leur rencontre devint une danse cosmique, un pas-de-deux orchestré par les lois secrètes de l'univers, où chaque mouvement, chaque regard, chaque silence partageait une promesse d'infini. Ils étaient devenus les co-auteurs d'une histoire encore non écrite, les protagonistes d'une aventure que même le temps n'oserait effacer. Ensemble, ils exploreraient les cartes du possible, naviguant sur les mers de l'imaginaire, découvrant des îles de pensées encore vierges.

Dans le regard de Lou, Guy avait vu la promesse d'un voyage sans fin, une odyssée à travers les galaxies intérieures de l'esprit et les constellations inconnues de l'âme. Il avait vu la promesse d'un amour qui pourrait défier les lois de la physique, un amour dont la force gravitationnelle pourrait altérer les orbites des planètes et le cours des étoiles filantes. Un amour, peut-être, assez puissant pour laisser une empreinte indélébile dans le tissu même de l'espace-temps.

Et ainsi, dans l'immensité de l'univers, parmi les milliards d'histoires tissées dans la trame du cosmos, la rencontre de Lou et Guy résonnait comme une note parfaite, un accord majeur dans la symphonie de l'existence. C'était une preuve vivante que, parfois, les circonstances s'alignent pour créer non pas un simple hasard, mais une destinée. Une destinée façonnée par les mains invisibles de l'univers, toujours en quête de ces étincelles rares qui illuminent le chemin des rêveurs, des bâtisseurs, et des sculpteurs de l'impossible.

Il vit en Lou non pas un simple voyageur, mais un compagnon de route, un disciple pour le grand œuvre de la vie. Et ainsi, sous le dôme céleste, Guy prit Lou sous son aile, lui offrant non seulement sa sagesse mais aussi sa compagnie, car le chemin vers les sommets est plus doux lorsqu'il est partagé.

Ils ont voyagé à travers des paysages de pensées et de rêves, explorant les contrées lointaines de l'esprit et les abysses de l'âme. Guy enseigna à Lou les langages oubliés des anciens, les symboles cachés dans les plis du temps, et les mélodies qui ouvrent les portes de l'infini. Ensemble, ils ont déchiffré les énigmes de l'existence, posé des questions dont les réponses semblaient aussi insaisissables que le vent, et trouvé la paix dans l'acceptation que certaines choses restent enveloppées dans le mystère.

Au fil des saisons, leur lien s'est renforcé, tissé d'infinis moments de partage et de découvertes. Dans les vallées de l'échec, Guy était le soutien de Lou, une présence rassurante qui rappelait que chaque chute est un préambule à un envol plus grand. Sur les crêtes de la réussite, ils se tenaient côte à côte, contemplant l'horizon des possibles, un horizon qui s'étendait toujours plus loin à mesure qu'ils avançaient.

Guy, avec ses paroles éclairées, a allumé en Lou un feu qui ne s'éteindra jamais, une flamme de détermination et de courage. Il lui a appris que chaque épreuve est une leçon, chaque obstacle un maître, et chaque victoire un compagnon de route. Lou, transformé par cette alchimie de l'esprit, est devenu plus qu'un élève ; il est devenu un porteur de lumière à son tour, prêt à guider d'autres âmes sur le chemin de leur propre éveil.

Et maintenant, même lorsque Guy n'est pas physiquement présent, son essence demeure avec Lou, un guide éternel dont la voix continue de résonner dans les chambres secrètes de son cœur. Car dans ce voyage qu'est la vie, les vrais guides ne sont jamais vraiment séparés de ceux qu'ils inspirent ; ils deviennent une partie de leur être, un souffle dans leur esprit, un battement dans leur cœur. Ainsi, la rencontre de Lou et Guy est plus qu'une simple anecdote ; c'est le commencement d'une épopée, une saga qui se poursuit au-delà des pages du temps, écrite non pas avec de l'encre, mais avec l'essence même de l'âme.

La rencontre de Lou et Guy, telle une énigme tissée dans le voile de la réalité, porte en elle une multitude de significations, aussi profondes et vastes que l'univers lui-même. Elle symbolise le croisement des chemins, l'intersection des âmes, où les coïncidences se transforment en destinées. Cette conjonction de circonstances n'est pas un simple jeu du hasard, mais plutôt une harmonie prédestinée, une mélodie silencieuse jouée par l'orchestre invisible de l'existence.

Dans leur rencontre réside la philosophie du "Serendip", cette heureuse découverte faite par hasard, qui n'est en vérité que le fruit d'une quête inconsciente, d'une ouverture d'esprit face aux mystères de la vie. C'est la manifestation de l'invisible, de ce qui réside au-delà des perceptions ordinaires, un rappel que la vie, dans sa magnifique complexité, est une toile d'événements interconnectés, tissés avec la soie des intentions et des désirs.

Leur union est le reflet d'une vérité plus grande, celle que chaque rencontre, chaque échange, détient le potentiel de transformer l'ordinaire en extraordinaire. Dans le regard échangé entre Lou et Guy, on peut y voir le miroir de l'âme, où chaque étincelle est un univers, chaque silence une épopée. C'est dans ces instants fugaces que se révèlent les secrets les plus intimes de l'être, où les masques tombent et où les cœurs se parlent dans la langue universelle de l'émotion.

Cette rencontre est une danse avec le destin, un pas de deux entre le hasard et la providence. Elle incarne l'idée que, dans le grand ballet de la vie, chaque mouvement est à la fois écrit et improvisé.

Lou et Guy, dans leur interaction, ne sont pas seulement des passants dans le temps, mais des sculpteurs du moment, façonnant avec leurs mains invisibles la matière même de leur réalité.

Derrière cette rencontre, il y a l'écho d'une promesse, celle de l'inattendu, de l'inespéré. C'est une ode à la possibilité, un hymne à l'aventure de l'existence. C'est la preuve que, même dans un monde régi par le chaos apparent, il existe des lignes de symétrie, des patterns de sens, des constellations de significations qui attendent d'être découvertes.

En somme, la rencontre de Lou et Guy est un microcosme de la condition humaine, un fragment de l'éternel, un grain de sable dans l'infinité de la plage cosmique. Elle est un rappel que, malgré l'immensité de l'inconnu, il y a des moments de connexion pure, des instants où l'univers semble conspirer pour nous offrir un aperçu de sa magie. C'est dans ces moments que l'on peut entrevoir la trame cachée qui unit chaque histoire, chaque vie, chaque battement de cœur dans le grand tissu de l'existence.

Rencontres II

Dans le tourbillon de la vie, Lou et Marie se sont trouvés, deux âmes errantes qui, par un simple échange de regards, ont entrelacé leurs destins. Ce bisou, mal interprété, fut le prélude d'une aventure partagée, une plongée audacieuse dans les profondeurs de l'inconnu. Ensemble, ils ont navigué à travers les vagues tumultueuses de l'existence, bravant les tempêtes, savourant les accalmies, et découvrant les trésors cachés dans les abysses de leurs cœurs. Chaque jour était une promesse de découverte, chaque nuit un voile d'étoiles sous lequel ils pouvaient rêver.

Leur voyage n'était pas sans épreuves, mais dans chaque défi, ils trouvaient une force nouvelle, un éclat de rire dans le chaos, une étincelle d'espoir dans l'obscurité. Ils apprenaient que l'amour n'est pas seulement un sentiment, mais un acte de courage, un engagement sans faille face aux orages de la vie. Lou et Marie, dans leur quête commune, ont appris à danser sous la pluie, à chanter contre le vent, à peindre leurs rêves avec les couleurs de l'aurore.

Leur histoire, tissée de moments doux-amers, était une ode à la beauté fragile de l'existence. Ils ont compris que chaque instant était précieux, que chaque souffle était un poème, et que chaque pas ensemble était une empreinte indélébile sur le sable du temps. Dans l'écho de leurs rires partagés, dans le silence de leurs regards complices, ils ont trouvé un sanctuaire, un havre de paix où l'amour était la seule loi.

Ainsi, Lou et Marie ont continué à plonger, jour après jour, dans l'inconnu de la vie, avec la certitude que, tant qu'ils seraient ensemble, chaque mystère se dévoilerait comme une fleur sous le soleil du matin. Leur amour était un phare dans la nuit, un guide à travers les tempêtes, une promesse que, peu importe la distance des étoiles, ils avaient leur propre univers à explorer. Et dans cet univers, chaque bisou était une constellation, chaque étreinte un horizon infini, et chaque battement de cœur un nouvel univers en expansion.

Dans les méandres de leurs pensées, Lou et Marie naviguent sur des flots d'interrogations et de rêveries. Lou, avec la grâce d'une comète traversant le ciel nocturne, réfléchit à la nature éphémère de leur rencontre, se demandant si le destin lui-même avait tissé cette toile complexe qui les avait unis. Il pense à l'avenir, à ce que pourrait devenir cette connexion naissante, une galaxie de possibilités s'ouvrant devant lui, chaque étoile un souhait, chaque planète une promesse.

Marie, quant à elle, est captivée par la profondeur de l'océan qu'elle a vu dans les yeux de Lou. Elle contemple l'idée que, dans le reflet de ces iris, elle pourrait plonger dans les abysses de l'âme humaine, découvrir des trésors cachés de sagesse et de passion. Elle se demande si cette étincelle qu'elle a perçue est le phare qui guidera son voyage à travers les tempêtes de la vie, un voyage où chaque vague pourrait la rapprocher de la compréhension ultime de l'amour et de l'existence.

Ensemble, dans le silence de leurs esprits, ils composent une symphonie de pensées non dites, une mélodie qui résonne au-delà des mots, dans la langue universelle de l'intuition. Lou imagine les mélodies qu'ils pourraient créer, les poèmes qu'ils pourraient écrire, les toiles qu'ils pourraient peindre dans le ciel infini de leur avenir commun. Il voit

Marie non seulement comme une compagne, mais aussi comme une muse, un catalyseur de créativité et d'inspiration.

Marie, inspirée par la vision de Lou, envisage les aventures qu'ils pourraient partager, les mystères qu'ils pourraient élucider ensemble. Elle pense aux civilisations qu'ils pourraient construire dans les contrées inexplorées de leurs rêves, aux histoires qu'ils pourraient raconter qui transcenderait le temps et l'espace. Pour elle, Lou est le cartographe de ces territoires inconnus, le gardien des clés qui ouvrent les portes des réalités alternatives.

Ils se considèrent mutuellement comme des explorateurs de l'infini, des chercheurs de vérité dans un monde où la vérité est aussi multiple que les facettes d'un diamant. Lou se voit dans Marie, et Marie se voit dans Lou, comme des miroirs l'un pour l'autre, reflétant non seulement ce qu'ils sont, mais ce qu'ils pourraient devenir. Ils sont conscients que leur rencontre n'est pas un point final, mais un point de départ, un big bang personnel d'où émergera un univers de découvertes.

Dans leurs moments de solitude, ils méditent sur la signification de leur union. Lou pense à la synchronicité, à ces coïncidences significatives qui semblent orchestrer nos vies de manière mystérieuse. Marie, se demande si leur rencontre était un de ces moments de synchronicité, un signe que l'univers communique avec eux de manière subtile, les guidant vers un destin plus grand qu'ils ne pourraient l'imaginer.

Marie, de son côté, est fascinée par la complexité des émotions humaines, par la façon dont un simple bonjour peut déclencher une cascade de sentiments et de pensées. Il réfléchit à la puissance de l'empathie, à la capacité de sentir profondément l'âme d'une autre personne, à la manière dont cette connexion peut transformer radicalement la perception de la réalité.

Ils rêvent tous deux d'un amour qui serait comme un pont entre les mondes, un lien qui transcenderait les dimensions physiques pour toucher les royaumes de l'esprit. Lou imagine cet amour comme une force qui pourrait déplacer les montagnes de l'indifférence, éclairer les vallées de l'obscurité avec la lumière de la compréhension. Marie, elle, le voit comme un feu sacré, capable de brûler toutes les barrières de la peur et de l'incertitude.

Leurs pensées se croisent et se recroisent, formant un tissu d'idées et d'émotions qui enveloppe leurs âmes. Lou et Marie, dans leur quête commune, cherchent à déchiffrer les codes secrets de l'univers, à comprendre le langage des étoiles et à traduire les murmures du vent cosmique. Ils aspirent à une compréhension qui va au-delà de la connaissance, à une sagesse qui transcende l'intellect.

Ils sont animés par l'espoir que leur amour puisse être un exemple, une lumière pour ceux qui cherchent leur chemin dans l'obscurité. Lou rêve que leur histoire inspire des poèmes, des chansons, des œuvres d'art qui parleront de l'amour comme la plus grande aventure, la plus noble quête. Marie souhaite que leur union soit un témoignage de la beauté de la vulnérabilité, de la force qui réside dans le partage sincère des cœurs.

Dans l'échange de leurs regards, ils trouvent un sanctuaire, un espace sacré où ils peuvent être véritablement eux-mêmes, sans masques ni artifices. C'est dans ce sanctuaire qu'ils se rencontrent vraiment, où ils peuvent se dévoiler sans crainte, où ils peuvent se baigner dans la lumière pure de l'authenticité.

Au fil des saisons, Lou et Marie ont tissé une symphonie de souvenirs, chaque note résonnant avec la mélodie de leur amour. Ils ont traversé des forêts d'émotions, où chaque arbre était un témoin de leurs confidences, chaque fleur un secret partagé. Ils ont gravi des montagnes de rêves, atteignant des sommets où l'air était empreint de leurs aspirations les plus élevées. Sur les rives de l'incertitude, ils ont construit un château de sable, fortifié par la tendresse et l'espérance, sachant que même si les vagues pouvaient l'emporter, ils en reconstruiraient un autre, ensemble.

Chaque aube était une toile vierge, et ils étaient les artistes, peignant avec les couleurs de leurs émotions, dessinant des horizons où le possible et l'impossible se confondaient. Les crépuscules les trouvaient enlacés, échangeant des promesses chuchotées, des serments qui se mêlaient à la brise nocturne. Sous le ciel étoilé, ils ont partagé des danses silencieuses, où seul le battement de leurs cœurs marquait le rythme.

Les voyages de Lou et Marie les ont menés sur des chemins sinueux, à travers des villages endormis où chaque habitant avait une histoire à raconter, des histoires qui se tissaient dans le grand récit de leur propre épopée. Ils ont navigué sur des mers d'incertitudes, des océans où chaque vague était une leçon, chaque tempête un test de leur résilience. Ensemble, ils ont appris à écouter le murmure des étoiles, à comprendre le langage des nuages, à lire les signes cachés dans les murmures du vent.

Dans les moments de doute, ils se sont retrouvés dans les refuges de leurs bras, des sanctuaires où les mots n'étaient pas nécessaires, où les soupirs et les caresses parlaient plus fort que les discours. Ils ont découvert que chaque épreuve était un cadeau déguisé, une opportunité de grandir, de se rapprocher, de renforcer les liens qui les unissaient.

Ils ont célébré les victoires avec des rires qui résonnaient comme des cloches, des éclats de joie qui se propageaient à travers les vallées de leur existence. Ils ont pleuré les pertes avec des larmes qui nourrissaient le sol de leur amour, donnant naissance à de nouvelles fleurs de compassion et de compréhension. Chaque émotion était un fil dans le tissu de leur vie commune, un motif unique qui ne cessait de s'enrichir.

Lou et Marie ont appris que l'amour est un voyage sans fin, une quête sans carte ni boussole, où le seul guide est le cœur. Ils ont embrassé l'incertitude, sachant que chaque pas incertain était un pas vers une plus grande certitude : celle de leur union. Ils ont ri face aux absurdités de la vie, ont pleuré face à sa beauté écrasante, et ont trouvé du réconfort dans la simplicité de leur quotidien.

Leur amour était un phénix, renaissant de ses cendres à chaque aurore, un testament à la force indestructible de deux cœurs en harmonie. Ils ont dansé avec les ombres, joué avec la lumière, et ont trouvé la magie dans les moments les plus ordinaires. Leur histoire était un poème sans fin, une chanson dont chaque couplet était plus doux que le précédent.

Et ainsi, jour après jour, Lou et Marie ont continué à écrire les chapitres de leur épopée, une histoire d'amour qui défiait le temps, l'espace et la réalité elle-même. Leur aventure était un rêve éveillé, une légende vivante, un voyage éternel au cœur de l'inconnu, où chaque jour était une découverte, chaque nuit une révélation, et chaque moment passé ensemble, un miracle.

Alors que les saisons défilaient, Lou et Marie ont vu leur amour s'épanouir, tel un jardin luxuriant nourri par la pluie et le soleil. Ils ont découvert que chaque jour apportait son lot de merveilles et d'épreuves, mais ensemble, ils ont appris à transformer chaque obstacle en opportunité, chaque larme en perle de sagesse. Leur complicité s'est approfondie, tissant un lien indissoluble qui les a rendus inséparables, même face aux caprices du destin.

Dans leur imaginaire, ls ont voyagé à travers les continents, laissant derrière eux une traînée d'étoiles filantes, des souvenirs gravés dans le marbre du temps. Chaque ville visitée, chaque culture explorée, enrichissait leur vision du monde et de l'amour. Ils ont dansé au rythme des tambours africains, se sont émerveillés devant les aurores boréales scandinaves, et ont goûté aux épices de l'Orient, chaque expérience ajoutant une couleur supplémentaire à leur palette de vie.

Les années ont passé, et avec elles, Lou et Marie ont construit une famille, un petit univers où chaque membre était une planète gravitant autour de l'amour central qu'ils partageaient. Leurs enfants, élevés dans la liberté et la créativité, ont appris à voir le monde à travers les yeux de l'émerveillement, à embrasser la diversité et à cultiver la bienveillance.

Mais la vie, dans sa nature imprévisible, a mis leur amour à l'épreuve. Des tempêtes ont éclaté, des orages ont grondé, menaçant de déraciner l'arbre qu'ils avaient planté ensemble. Cependant, à chaque fois, ils ont trouvé refuge dans les branches solides de leur relation, prouvant que l'amour véritable est inébranlable, même dans les bourrasques les plus violentes.

Et puis vint le jour où ils ont dû faire face à la plus grande épreuve de toutes. Une ombre s'est étendue sur leur bonheur, une véritable tempête. Lou, dévasté mais résolu, est devenu le roc sur lequel Marie pouvait s'appuyer, la lumière guidant son chemin à travers l'obscurité de l'incertitude.

Ensemble, ils ont combattu le monstre qui menaçait leur équilibre, armés de leur amour comme bouclier, de leur espoir comme épée. Les jours de lutte se sont transformés en semaines, les semaines en mois, et à chaque pas en avant, ils célébraient une petite victoire, un pas de plus vers la lumière au bout du tunnel.

Finalement, après un long voyage à travers la nuit, l'aube est arrivée, apportant avec elle des nouvelles de guérison. Marie, avec la force d'une guerrière et la grâce d'une danseuse, a surmonté l'épreuve, se relevant plus forte et plus résiliente. Lou, son compagnon fidèle, a pleuré des larmes de joie, sachant que leur amour avait triomphé sur l'adversité la plus sombre.

Leur amour, ayant survécu à l'épreuve du feu, est devenu un phare pour ceux qui les entouraient, un exemple de la puissance de la volonté et de la profondeur de l'affection humaine. Ils ont continué à vivre chaque jour avec gratitude, chérissant les moments simples, les rires partagés, les repas en famille, et les promenades sous les étoiles.

Lou et Marie ont vieilli, mais leur amour est resté jeune, vibrant d'une énergie intarissable. Ils ont vu leurs enfants grandir, construire leurs propres vies, et ont accueilli avec tendresse les générations suivantes.

Ainsi se termine le chapitre de Lou et Marie, mais leur histoire d'amour, telle une constellation éternelle, brille toujours, illuminant le chemin de l'amour véritable pour tous ceux qui osent rêver, aimer, et plonger dans l'inconnu de la vie.

Hélias et Helena

Dans un monde lointain, où les océans touchent le ciel et où les étoiles se baignent dans la mer, vivait un peintre nommé Helias. Ses toiles étaient des fenêtres ouvertes sur des mondes inexplorés, des rêves capturés sur la toile. Un jour, alors qu'il peignait le coucher du soleil, une étrange mélodie parvint à ses oreilles. C'était Helena, une musicienne dont la voix pouvait tisser la lumière et l'obscurité, la joie et la mélancolie. Leurs regards se croisèrent, et dans ce silence partagé, une étincelle jaillit, annonçant le début d'une histoire d'amour tissée de notes et de couleurs.

Helias et Helena se rencontraient chaque soir sous le vieux saule pleureur, où les notes de la lyre de Helena dansaient avec les nuances des crépuscules peints par Helias. Ils partageaient des rires et des rêves, des espoirs et des peurs, et chaque jour qui passait, leur amour grandissait, fort comme les racines de l'arbre sous lequel ils se retrouvaient.

Mais le destin, capricieux, décida de mettre leur amour à l'épreuve. Un marchand d'art, fasciné par

les toiles d'Helias, lui offrit la chance de partir pour la grande ville, où la gloire et la fortune l'attendaient. Déchiré entre son amour pour Helena et la promesse d'une vie de reconnaissance, Helias fit face à un choix cornélien.

Helena, voyant le trouble dans les yeux d'Helias, lui offrit un sacrifice ultime. Elle tissa une mélodie si pure, si poignante, qu'elle se transforma en une toile vivante, un chef-d'œuvre qui capturait l'essence même de leur amour. "Emporte cela avec toi," dit-elle, "et où que tu ailles, souviens-toi de la musique de notre cœur."

Helias, ému aux larmes par le don de Helena, prit sa décision. Il refusa l'offre du marchand, choisissant de rester dans le monde où les océans touchent le ciel, où l'amour était plus précieux que l'or. Ensemble, Helias et Helena créèrent une galerie à ciel ouvert, où les toiles d'Helias et les mélodies de Helena s'unissaient pour raconter l'histoire de leur amour éternel.

Les années passèrent, et la légende de l'artiste et de la musicienne se répandit à travers les terres, attirant des voyageurs de tous horizons. Ils venaient pour voir les toiles qui brillaient sous la lune, pour entendre les mélodies qui faisaient danser les étoiles. Et au milieu de tout cela, Helias et Helena continuaient à aimer, à créer, à rêver.

Leur amour devint un phare pour les âmes perdues, un rappel que la beauté existe dans le partage, dans l'union des cœurs et des esprits. Ils enseignèrent au monde que l'amour est la plus grande des muses, celle qui inspire les plus belles œuvres, celle qui donne un sens à la vie.

Dans le crépuscule de leur existence, deux âmes s'élevèrent au-delà des confins terrestres, laissant derrière elles un sillage d'art et de mélodies. Leurs adieux ne furent point un murmure de chagrin, mais un chant d'espoir, portant la promesse que l'amour, tel un phare, perdurerait à travers les tempêtes du temps. Chaque toile, chaque symphonie, chaque geste tendre devint un écho de leur union indéfectible, un reflet de leur passion ardente.

Leur amour, une force inébranlable, défia les lois de la nature, s'inscrivant dans le marbre des siècles comme une ode à la beauté immortelle. Dans les jardins de l'existence, leurs cœurs fleurirent, entrelacés, défiant l'éphémère pour embrasser l'infini. Les étoiles elles-mêmes semblèrent danser au rythme de leur bonheur, illuminant les cieux d'une lumière éternelle.

Et lorsque le rideau tomba sur leur scène terrestre, ce ne fut pas un voile de tristesse, mais une auréole de gloire qui couronna leur départ. Leur légende, tissée de rires et de larmes, de rêves et de réalités, continua de vibrer dans l'âme de l'univers, un murmure persistant dans le silence de l'espace. Leur épopée, plus qu'une simple histoire, devint un symbole de l'amour véritable, un phénix renaissant de ses cendres pour inspirer les générations futures.

Ainsi, même dans l'adieu, leur présence demeura palpable, imprégnant chaque recoin de l'existence de leur essence immortelle. Leur amour ne connaissait ni début ni fin, un cycle perpétuel de renaissance et de révélation. Dans chaque souffle du vent, dans chaque vague déferlante, dans chaque rayon de lune, on pouvait sentir leur toucher, entendre leur voix, percevoir leur chaleur.

Leur histoire, un poème sans fin, continue de se dérouler, page après page, dans le grand livre du temps. Chaque chapitre, riche de leur amour, s'écrit avec l'encre de l'éternité, chaque mot un testament de leur passion indomptable. Et dans ce récit sans cesse renouvelé, leur amour reste un flambeau, guidant les cœurs égarés vers la lumière de l'amour absolu.

Dans le firmament de l'histoire, leur amour brille comme une constellation, un guide pour les navigateurs de l'âme en quête de vérité et de beauté. Leur épopée, une fresque céleste, raconte l'union de deux esprits, deux cœurs, deux âmes, en une harmonie parfaite. Et dans ce tableau divin, leur amour demeure, immuable, un phare pour tous ceux qui, à travers les âges, osent aimer sans limite.

L'histoire de Sandhu

Un jour, un garçon nommé Sandhu, qui avait vu le jour dans la pénombre d'une grotte d'une île isolée. Là où personne ne passait, personne ne débarquait, il y vivait uniquement avec ses parents qui s'y étaient retirés pour fuir un monde devenu instable et dangereux ! Sandhu n'avait jamais vu personne d'autre que ses parents, ceux-ci ne cessaient de lui faire croire que le monde se limitait à eux, que rien d'autre n'hésitait ! Un jour Sandhu, entendit un bruit

étrange dans les cieux et vit un étrange et bruyant oiseau dans le ciel !

Dans l'abysse de l'océan de verdure, Sandhu, l'enfant de la grotte, grandissait loin des tumultes du monde, dans un sanctuaire de silence seulement troublé par le murmure des vagues et le chant des vents. Ses parents, gardiens de son univers, lui avaient tissé une réalité où les horizons se confondaient avec les parois de leur refuge. Mais l'âme de Sandhu, aussi vaste que l'océan qui bordait leur île, ne pouvait être contenue. Comme une mélodie suspendue dans l'air, le désir de découvrir ce qui se cachait au-delà des ombres de sa grotte s'intensifiait à chaque battement de son cœur curieux.

Un jour, alors que le soleil déclinait, peignant le ciel de teintes flamboyantes, un son insolite, tel un appel mystique, vint frapper les tympans de Sandhu. Levant les yeux vers l'immensité azurée, il aperçut une forme inconnue qui fendait les cieux. Un oiseau, pensa-t-il d'abord, mais son esprit, nourri de récits fantastiques, lui souffla que ce pouvait être un présage. L'objet volant, vibrant et tonitruant, contrastait avec la quiétude de l'île, comme un éclat de réalité venant percer le voile de son innocence.

Les jours suivants, l'image de l'étrange visiteur ailé hantait ses pensées. Il questionnait ses parents, qui, avec des regards échangés et des sourires énigmatiques, éludaient ses interrogations. Mais la graine de la curiosité, une fois plantée, ne cesse de croître, et Sandhu sentait en lui l'éveil d'un courage nouveau, celui de chercher les réponses par lui-même.

Ainsi commença le voyage intérieur de Sandhu, un périple de l'esprit et du cœur, où chaque rêve de la nuit ajoutait une pièce au puzzle de son existence. Il imaginait des cités scintillantes au-delà des mers,

des créatures aux mille couleurs, des étoiles à portée de main. Et dans ses rêveries les plus audacieuses, il se voyait, non plus prisonnier de la grotte, mais explorateur de l'infini.

Le temps passa, et avec lui, la conviction de Sandhu se fortifia. Il devint un jeune homme, dont l'éclat du regard trahissait une soif inextinguible de vérité. Un matin, armé de résolution, il s'aventura hors de la grotte, décidé à affronter le monde, à briser les chaînes de l'ignorance. Il marcha vers la plage, là où la terre embrasse l'océan, et où les secrets semblent à portée de voix.

Et c'est là, face à l'immensité, que Sandhu comprit que le monde n'était pas un lieu, mais un horizon sans fin de possibilités. Le bruit étrange dans les cieux n'était pas un oiseau, mais le symbole de son émancipation, le signe qu'il était temps de voler de ses propres ailes, vers les mystères de l'univers qui l'attendait, impatient et illimité.

Lorsque Sandhu franchit le seuil de l'inconnu, quittant l'étreinte protectrice de l'île, la première chose qui s'offrit à ses yeux ébahis ne fut ni un spectacle de terreur ni une merveille du monde, mais la simplicité touchante d'un village de pêcheurs. Des cabanes éparpillées le long d'une plage dorée, des filets débordant de poissons scintillants sous les caresses du soleil, des enfants courant pieds nus, éclaboussés par l'écume des vagues, et des rires qui se mêlaient au rythme apaisant de l'océan.

C'était un tableau vivant, un fragment de vie quotidienne qui, pour Sandhu, avait la saveur d'une révélation. Il découvrit des visages marqués par le sel et le temps, des mains rudes tissées de lignes de labeur, des yeux qui brillaient d'une lumière simple et pure. Chaque geste, chaque parole échangée, chaque sourire partagé entre les villageois était une fenêtre ouverte sur un monde qu'il n'avait jamais osé imaginer.

Sandhu, l'enfant de la solitude, se tenait là, un étranger parmi eux, et pourtant, quelque chose en lui résonnait à l'unisson avec cette harmonie modeste. Il apprit que la vérité n'était pas toujours cachée dans les légendes ou les récits héroïques, mais qu'elle pouvait se trouver dans le lien invisible qui unit les hommes à la nature, dans la simplicité d'une vie en accord avec les éléments.

Il comprit que le monde n'était pas ce lieu hostile et dangereux que ses parents avaient fui, mais un tissu complexe de réalités, où chaque fil avait sa propre couleur, sa propre texture. Sandhu, avec son cœur grand ouvert, absorbait chaque détail, chaque nuance, et dans son esprit, les pièces du puzzle de l'humanité commençaient à s'assembler.

Les jours passèrent, et Sandhu, autrefois prisonnier de l'ignorance, devint un apprenti de la vie. Il apprit à naviguer, à pêcher, à partager le fruit de son travail. Il écoutait les histoires des anciens, buvait les paroles des sages, et dans chaque histoire, il trouvait un écho de sa propre quête.

Il y avait dans l'air, dans l'eau, dans la terre de ce village, une magie discrète, celle de l'existence elle-même. Et Sandhu, l'âme autrefois confinée, s'épanouissait comme une fleur après la pluie. Il était devenu partie intégrante de ce monde, un maillon d'une chaîne qui s'étendait bien au-delà de l'horizon visible.

Avec le temps, l'étrange oiseau métallique qui avait traversé le ciel de son enfance devint une légende personnelle, un symbole de son éveil. Sandhu ne cherchait plus à comprendre ce qu'il était, car il avait trouvé quelque chose de plus précieux : la compréhension de qui il pouvait devenir.

Et si l'on demandait à Sandhu ce qu'il avait découvert en quittant l'île, il répondrait avec un sourire énigmatique, que ce n'était pas une chose, mais un tout. Un monde où chaque jour était une découverte, où chaque rencontre était une aventure, et où chaque instant était une éternité capturée dans le regard de ceux qui partageaient son chemin.

L'accueil de Sandhu par les villageois fut une symphonie de bienveillance, un chœur de curiosité et de fraternité. Comme une brise légère qui caresse la surface d'un lac tranquille, les habitants de ce hameau côtier l'entourèrent de leur chaleur humaine. Ils le regardaient avec des yeux emplis de questions non posées, mais leurs gestes parlaient d'une acceptation sans réserve. Les enfants, avec l'innocence propre à leur âge, furent les premiers à briser la glace, l'entraînant dans leurs jeux et leurs rires, lui montrant que la langue de l'amitié est universelle.

Les anciens, porteurs de sagesse et de traditions, l'observaient avec une douce attention, voyant en lui le reflet d'une jeunesse oubliée et d'un monde qu'ils n'avaient jamais exploré. Ils lui offrirent une place autour du feu, là où les histoires se tissent et où les cœurs se rencontrent. Sandhu, écoutant leurs récits, se sentait comme un livre ouvert devant eux, prêt à absorber chaque mot, chaque leçon de vie.

Les femmes du village, fortes et déterminées, lui montrèrent la générosité de leur communauté, partageant avec lui le fruit de leur labeur. Elles lui apprirent à reconnaître les dons de la terre et de la mer, à respecter le cycle des saisons, et à trouver sa place dans le grand ballet de la nature.

Les pêcheurs, maîtres des flots et des vents, l'accueillirent comme l'un des leurs. Ils lui tendirent la main, l'invitant à se joindre à leur danse avec l'océan, lui enseignant les rythmes anciens de la pêche et les secrets des marées. Sur leurs bateaux, Sandhu apprit à lire les étoiles, à converser avec le vent, et à comprendre le langage silencieux des vagues.

Avec chaque jour qui passait, Sandhu tissait des liens plus profonds avec les villageois. Il découvrait la richesse de la simplicité, la beauté de la solidarité, et la puissance de l'appartenance. Les murs invisibles qui l'avaient confiné s'effritaient, laissant place à un sentiment d'unité avec ces âmes qui, hier encore, lui étaient étrangères.

Dans ce village, Sandhu trouva plus qu'un accueil ; il trouva un nouveau foyer. Un lieu où son passé de solitaire se mêlait à la trame collective d'une vie partagée. Les villageois, par leur accueil, lui avaient offert le plus beau des cadeaux : la certitude que, peu importe d'où l'on vient, il y a toujours une place pour chacun dans le grand cercle de l'humanité.

Et tandis que les saisons changeaient, que les bateaux allaient et venaient, Sandhu se métamorphosait. De l'enfant de la grotte, il devint le frère, l'ami, le confident. Il apprit que chaque main tendue était une promesse, que chaque sourire partagé était un trésor, et que chaque pas sur le sable de cette plage était une empreinte dans le grand livre de la vie.

Les villageois, quant à eux, découvrirent en Sandhu un esprit vif, un cœur généreux, et une volonté de fer. Ils virent en lui non pas un étranger, mais un reflet d'eux-mêmes, un rappel que chaque être humain porte en lui l'étincelle de l'universel.

Ainsi, dans l'étreinte chaleureuse de cette communauté, Sandhu apprit la plus précieuse des leçons : que l'accueil n'est pas seulement une question de mots ou de gestes, mais un acte d'ouverture de l'âme, une invitation à partager le voyage de la vie, avec tout ce qu'elle a d'imprévu, de magnifique et d'impérissable.

La plus grande leçon que Sandhu a apprise des villageois, c'est celle de l'interdépendance, la danse harmonieuse de la vie où chaque être, chaque action, est un fil dans le tissu de l'existence. Il a découvert que la communauté n'est pas une simple proximité de maisons et d'âmes, mais un réseau vivant, pulsant au rythme des cœurs et des saisons. Les villageois lui ont enseigné que la richesse ne se mesure pas en pièces d'or, mais dans la qualité des relations tissées avec autrui, dans la chaleur d'un sourire, dans la force d'une poignée de main.

Ils lui ont montré que la sagesse ne réside pas dans les livres poussiéreux ou les paroles des puissants, mais dans le murmure du vent, dans le chant des oiseaux, dans le silence respectueux de l'écoute. Sandhu a appris que le courage n'est pas l'absence de peur, mais la capacité de la regarder en face, de l'accueillir comme une vieille amie, et de continuer à avancer malgré elle.

Les villageois lui ont révélé que la vérité est un kaléidoscope, changeant avec la lumière de la perspective, et que chaque personne détient une facette de cette vérité. Ils lui ont appris que le pardon est une clé qui ouvre les portes de cages invisibles, libérant non seulement celui qui est pardonné, mais aussi celui qui pardonne.

Sandhu a compris que la simplicité est une forme de clarté, que la vie n'a pas besoin de complexité pour être pleine, et que le bonheur se trouve souvent dans un bol de riz partagé, dans une sieste à l'ombre d'un arbre, dans la fierté d'un travail bien fait. Il a vu que la patience est une semence qui, lorsqu'elle est plantée avec soin, fleurit en abondance et en beauté.

Les villageois lui ont enseigné que chaque adieu est un prélude à une nouvelle rencontre, que chaque fin est le début d'une autre histoire, et que la mort elle-même n'est qu'une porte vers un autre chapitre de l'aventure de l'âme. Ils lui ont montré que la gratitude est l'eau qui nourrit le jardin de la joie, et que cultiver cette gratitude est un art qui embellit chaque jour.

Sandhu a appris que la liberté est un oiseau qui ne connaît pas de cages, que les barrières les plus solides sont celles que l'on construit dans son esprit, et que briser ces barrières est le premier pas vers l'horizon infini de possibilités. Il a compris que la connaissance est une torche qui éclaire le chemin, mais que c'est le cœur qui guide les pas.

Les villageois lui ont enseigné que la force n'est pas dans la domination, mais dans la capacité de se tenir debout avec les autres, de porter les fardeaux ensemble, et de trouver la puissance dans la vulnérabilité partagée. Ils lui ont révélé que la beauté est partout, dans le sourire édenté d'un vieillard, dans les mains calleuses d'une mère, dans la courbe d'une vague qui se brise sur le rivage.

Sandhu a appris que l'espoir est une lumière qui ne s'éteint jamais, même dans la plus sombre des nuits, et que nourrir cet espoir est le devoir de chaque âme éveillée. Il a vu que la foi n'est pas une question de dogmes ou de rituels, mais une confiance profonde dans le rythme de l'univers, dans la certitude que chaque chose a sa place et son temps.

Les villageois lui ont montré que l'amour est le fil d'or qui tisse la trame de l'existence, que sans lui, tout perd son éclat, et qu'avec lui, même les jours les plus gris sont emplis de couleurs. Ils lui ont enseigné que la paix n'est pas l'absence de conflit, mais la présence d'harmonie, une mélodie qui joue doucement dans l'arrière-plan de la vie.

Enfin, Sandhu a compris que la plus grande leçon n'est pas celle qui est dite à voix haute, mais celle qui est vécue, respirée, incarnée. Que chaque jour est une école, que chaque personne est un professeur, et que chaque moment est une opportunité d'apprendre, de grandir, de devenir.

Et ainsi, dans le creuset de cette sagesse ancestrale, Sandhu a trouvé non seulement des leçons, mais des trésors, des joyaux de connaissance qui l'ont armé pour naviguer les eaux parfois tumultueuses de la vie. Avec ces leçons gravées dans son âme, il a continué son voyage, non plus comme un enfant perdu, mais comme un explorateur de l'existence, un cartographe de l'infini humain.

Dans le tissu infini du temps, l'étrange oiseau que Sandhu avait aperçu dans le ciel de son enfance demeurait une énigme, un symbole de l'inconnu qui appelait son âme d'explorateur. Peut-être qu'un jour, au gré de ses voyages et de ses découvertes, leurs chemins se croiseraient à nouveau, dans un moment de synchronicité parfaite. L'oiseau, avec ses ailes de mystère et son chant de métal, pourrait être le guide de Sandhu vers des horizons encore inexplorés, un messager entre lui et les secrets du cosmos.

L'avenir est un océan de possibilités, et Sandhu, marin de l'existence, navigue sur ses vagues avec une carte dessinée par les étoiles de ses rêves. L'étrange oiseau, peut-être, n'est pas une créature à retrouver, mais une quête à poursuivre, un idéal qui le pousse à s'élever au-dessus des cimes des connaissances acquises, à plonger dans les profondeurs de l'inconnu avec une foi inébranlable.

Dans ses moments de solitude, quand le crépuscule enveloppe le monde d'une étoffe pourpre et or, Sandhu imagine l'oiseau comme un phare dans la nuit, un repère lumineux dans le voyage de sa vie. Il se dit que l'oiseau est peut-être déjà là, caché dans les plis de chaque nuage, dans le scintillement de chaque étoile, dans le souffle de chaque brise qui caresse son visage.

Il comprend que l'oiseau n'est pas seulement une entité à retrouver, mais une partie de lui-même, un appel à l'aventure qui résonne dans les chambres secrètes de son cœur. Cet oiseau est le symbole de son émancipation, le souvenir vivant de la première fois où il a osé regarder au-delà des limites de son monde, où il a osé rêver d'impossible.

Avec chaque aube nouvelle, Sandhu se rapproche de cet oiseau, non pas en distance, mais en esprit. Chaque jour est un pas de plus vers la compréhension de ce que cet oiseau représente : la liberté, la découverte, l'essence même de la vie qui bat dans ses veines. Il sait que l'oiseau est là, quelque part, dans l'immensité bleue ou dans l'abîme étoilé, l'attendant à la croisée des destins.

Peut-être qu'un jour, au sommet d'une montagne sacrée ou au cœur d'une forêt ancienne, l'ombre de l'oiseau glissera sur son chemin, et Sandhu lèvera les yeux pour rencontrer son regard. Peut-être que leurs âmes se reconnaîtront, et que l'oiseau lui révélera les secrets qu'il a cherchés toute sa vie, les chants des sphères, les murmures de la lumière, les échos de l'éternité.

Et si ce jour arrive, Sandhu saura que la boucle est bouclée, que le cycle de sa quête est complet. Il comprendra que l'oiseau n'était jamais perdu, mais qu'il attendait le moment propice pour se révéler, pour lui montrer que chaque recherche est en réalité une découverte de soi, que chaque énigme porte en elle la clé de la sagesse.

Jusqu'à ce jour, Sandhu garde l'oiseau dans le sanctuaire de son imagination, le nourrissant de ses aspirations, de ses espoirs, de ses innombrables questions. Il le laisse voler librement dans les cieux de son esprit, sachant que, que ce soit dans cette vie ou dans une autre, l'oiseau et lui sont destinés à se retrouver, unis dans la danse de l'infini.

Car l'oiseau est plus qu'une créature ; il est une promesse, un horizon, un rêve qui ne meurt jamais. Et Sandhu, avec son cœur d'explorateur, continuera à chercher, à apprendre, à aimer, avec l'image de l'oiseau gravée dans son âme, comme un tatouage indélébile de son voyage à travers les mystères de l'existence.

Ainsi, que Sandhu retrouve ou non l'étrange oiseau, la quête elle-même est sa réponse, son triomphe, son épopée. C'est dans la poursuite, dans l'acte même de chercher, que Sandhu trouve son but, son bonheur, son chez-soi. Et dans cette quête, il est déjà réuni avec l'oiseau, car ils partagent le même ciel, la même soif d'infini, la même flamme ardente qui brûle au cœur de toutes les âmes qui osent rêver.

Lorsque Sandhu prit son envol, quittant le nid de l'île pour se jeter dans les bras du monde, ses parents restèrent sur le rivage, leurs silhouettes se découpant contre le ciel crépusculaire. Leurs cœurs, tissés d'amour et d'inquiétude, battaient au rythme des vagues qui murmuraient des adieux. Ils avaient élevé leur fils dans l'ombre protectrice de la grotte, lui offrant un havre contre les tempêtes de l'existence, mais ils savaient que le moment était venu de le laisser partir, de le laisser écrire sa propre histoire.

Dans leurs yeux, des larmes brillaient, perles de fierté et de mélancolie, car voir un enfant prendre son envol est le plus doux des déchirements. Ils avaient enseigné à Sandhu les chants de la terre, les murmures de l'océan, et les légendes du vent, mais ils ne pouvaient lui apprendre le chemin qu'il devait tracer lui-même. Leurs mains, autrefois fermes dans les siennes, se levaient maintenant en un geste d'adieu, tremblantes comme les feuilles dans la brise du soir.

Ils se tenaient là, les gardiens de l'île, les sentinelles d'un passé révolu, regardant l'horizon avaler la silhouette de leur fils. Leur amour pour lui était un phare, une lumière qui continuerait à briller dans l'obscurité, guidant Sandhu à travers les tempêtes et les étoiles. Ils avaient planté en lui les graines de la curiosité et de la bravoure, et maintenant, ils regardaient ces graines germer, s'épanouir en un jardin de possibilités.

Le départ de Sandhu était un poème sans mots, une chanson dont chaque note vibrait dans l'air salin. Ses parents comprenaient que chaque enfant est un voyageur, et que chaque parent est à la fois une carte et une boussole. Ils avaient tracé les contours de son monde, mais c'était à lui de le remplir de couleurs, de sons, et de vie. Ils avaient été ses premiers maîtres, mais le monde serait son ultime enseignant.

Ils avaient peur, oui, une peur ancienne comme le monde, celle de perdre ce qu'on aime le plus. Mais leur peur était enveloppée d'une confiance inébranlable en leur fils, en l'homme qu'il deviendrait. Ils savaient que les leçons les plus précieuses sont celles apprises dans l'embrassement de l'inconnu, et que Sandhu était prêt pour ce tango avec le destin.

Leur silence était un testament, une prière silencieuse qui s'élevait au-dessus des vagues, se mêlant aux étoiles. Ils ne dirent rien, car tout avait été dit dans le silence des regards, dans l'étreinte de l'aube, dans le souffle du vent qui portait leur bénédiction. Ils avaient donné à Sandhu des racines, mais aussi des ailes, et maintenant, ils le regardaient voler.

Les parents de Sandhu, ces sculpteurs de l'âme, avaient façonné un esprit libre, un cœur ouvert, une volonté indomptable. Ils avaient peint sur la toile de son enfance des rêves et des espoirs, des histoires et des mystères. Et tandis que Sandhu disparaissait de leur vue, ils savaient que chaque pas qu'il ferait serait une résonance de leur amour, un écho de leur sagesse.

Ils restèrent longtemps sur la plage après son départ, deux figures immobiles, deux phares solitaires. Leur maison, autrefois remplie des rires et des questions de Sandhu, serait maintenant plus silencieuse, mais jamais vide. Car chaque espace, chaque coin, chaque pierre résonnait des souvenirs de leur fils, de l'enfant qui avait joué parmi les ombres, qui avait rêvé parmi les échos.

Et quand la nuit tomba, ils retournèrent à leur grotte, leur sanctuaire, leur cocon. Ils se serrèrent l'un contre l'autre, trouvant du réconfort dans la présence de l'autre, dans la certitude que l'amour qu'ils avaient donné à Sandhu était un fil inaltérable, un lien éternel. Ils parlèrent de lui, de ses rêves, de ses espoirs, et avec chaque mot, ils tissaient une couverture de souvenirs pour réchauffer leurs cœurs.

Les parents de Sandhu avaient fait le plus grand des sacrifices, celui de laisser partir ce qu'on aime, pour qu'il puisse grandir, apprendre, aimer à son tour. Ils avaient ouvert la cage, non pas pour perdre l'oiseau, mais pour le voir s'élever, pour le voir devenir ce pour quoi il était destiné : un explorateur des cieux, un danseur des horizons, un enfant des étoiles.

Et dans le silence de la grotte, avec le seul son des vagues pour berceuse, ils s'endormirent, le cœur lourd mais l'âme légère. Car ils savaient que Sandhu, où qu'il soit, était guidé par leur amour, par les leçons qu'ils lui avaient enseignées, par la lumière qu'ils avaient allumée dans son cœur.

Le départ de Sandhu n'était pas une fin, mais un commencement, le début d'une nouvelle histoire, d'une nouvelle légende. Ses parents, dans leur sagesse tranquille, savaient que chaque adieu est un pont vers un nouveau bonjour, et que leur fils, leur

fier navigateur, trouverait toujours le chemin du retour, que ce soit dans ses voyages, dans ses rêves, ou dans l'éternel cycle de la vie.

Ainsi, dans la douceur de la nuit, les parents de Sandhu chuchotaient à la lune leurs espoirs et leurs rêves pour lui, sachant que la lune veillerait sur leur fils, que les étoiles le guideraient, et que l'univers, dans son infinie sagesse, lui ouvrirait ses bras.

La plus grande leçon que Sandhu a apprise des villageois, c'est celle de l'interdépendance, la danse harmonieuse de la vie où chaque être, chaque action, est un fil dans le tissu de l'existence. Il a découvert que la communauté n'est pas une simple proximité de maisons et d'âmes, mais un réseau vivant, pulsant au rythme des cœurs et des saisons. Les villageois lui ont enseigné que la richesse ne se mesure pas en pièces d'or, mais dans la qualité des relations tissées avec autrui, dans la chaleur d'un sourire, dans la force d'une poignée de main.

Ils lui ont montré que la sagesse ne réside pas dans les livres poussiéreux ou les paroles des puissants, mais dans le murmure du vent, dans le chant des oiseaux, dans le silence respectueux de l'écoute. Sandhu a appris que le courage n'est pas l'absence de peur, mais la capacité de la regarder en face, de l'accueillir comme une vieille amie, et de continuer à avancer malgré elle.

Les villageois lui ont révélé que la vérité est un kaléidoscope, changeant avec la lumière de la perspective, et que chaque personne détient une facette de cette vérité. Ils lui ont appris que le pardon est une clé qui ouvre les portes de cages invisibles, libérant non seulement celui qui est pardonné, mais aussi celui qui pardonne.

Sandhu a compris que la simplicité est une forme de clarté, que la vie n'a pas besoin de complexité pour être pleine, et que le bonheur se trouve souvent dans un bol de riz partagé, dans une sieste à l'ombre d'un arbre, dans la fierté d'un travail bien fait. Il a vu que la patience est une semence qui, lorsqu'elle est plantée avec soin, fleurit en abondance et en beauté.

Les villageois lui ont enseigné que chaque adieu est un prélude à une nouvelle rencontre, que chaque fin est le début d'une autre histoire, et que la mort elle-même n'est qu'une porte vers un autre chapitre de l'aventure de l'âme. Ils lui ont montré que la gratitude est l'eau qui nourrit le jardin de la joie, et que cultiver cette gratitude est un art qui embellit chaque jour.

Sandhu a appris que la liberté est un oiseau qui ne connaît pas de cages, que les barrières les plus solides sont celles que l'on construit dans son esprit, et que briser ces barrières est le premier pas vers l'horizon infini de possibilités. Il a compris que la connaissance est une torche qui éclaire le chemin, mais que c'est le cœur qui guide les pas.

Les villageois lui ont enseigné que la force n'est pas dans la domination, mais dans la capacité de se tenir debout avec les autres, de porter les fardeaux ensemble, et de trouver la puissance dans la vulnérabilité partagée. Ils lui ont révélé que la beauté est partout, dans le sourire édenté d'un vieillard, dans les mains calleuses d'une mère, dans la courbe d'une vague qui se brise sur le rivage.

Sandhu a appris que l'espoir est une lumière qui ne s'éteint jamais, même dans la plus sombre des nuits, et que nourrir cet espoir est le devoir de chaque âme éveillée. Il a vu que la foi n'est pas une question de dogmes ou de rituels, mais une confiance profonde dans le rythme de l'univers, dans la certitude que chaque chose a sa place et son temps.

Les villageois lui ont montré que l'amour est le fil d'or qui tisse la trame de l'existence, que sans lui, tout perd son éclat, et qu'avec lui, même les jours les plus gris sont emplis de couleurs. Ils lui ont enseigné que la paix n'est pas l'absence de conflit, mais la présence d'harmonie, une mélodie qui joue doucement dans l'arrière-plan de la vie.

Enfin, Sandhu a compris que la plus grande leçon n'est pas celle qui est dite à voix haute, mais celle qui est vécue, respirée, incarnée. Que chaque jour est une école, que chaque personne est un professeur, et que chaque moment est une opportunité d'apprendre, de grandir, de devenir.

Et ainsi, dans le creuset de cette sagesse ancestrale, Sandhu a trouvé non seulement des leçons, mais des trésors, des joyaux de connaissance qui l'ont armé pour naviguer les eaux parfois tumultueuses de la vie. Avec ces leçons gravées dans son âme, il a continué son voyage, non plus comme un enfant perdu, mais comme un explorateur de l'existence, un cartographe de l'infini humain.

Dans la légende tissée par les villageois, l'étrange oiseau qui avait capturé l'imagination de Sandhu portait un nom aussi mystérieux que son apparition. Ils l'appelaient "Aello", du nom ancien qui signifie "tourbillon", car il semblait surgir de nulle part, un tourbillon dans le calme du ciel. Aello était plus qu'un simple oiseau dans leurs récits ; c'était un esprit du vent, un gardien des secrets célestes, un messager entre les mondes terrestre et éthéré.

Les anciens racontaient que Aello apparaissait seulement à ceux qui étaient prêts à embrasser le changement, à ceux dont les cœurs brûlaient d'une passion pour l'inconnu. Il était dit que le battement de ses ailes pouvait altérer le cours du destin, que son cri perçant pouvait réveiller les âmes endormies, et que son vol majestueux inspirait les poètes et les rêveurs.

Aello n'était pas une créature ordinaire, mais un symbole de transformation, un présage de voyages et de découvertes. Dans les veillées, les villageois chantaient des chansons en son honneur, des mélodies qui montaient jusqu'aux étoiles, espérant attirer son regard bienveillant. Les enfants levaient les yeux au ciel, espérant apercevoir son ombre glisser entre les nuages, tandis que les pêcheurs invoquaient son nom pour des mers clémentes et des filets pleins.

La légende de Aello parlait d'une époque lointaine, où les hommes et les créatures célestes partageaient un lien indissoluble, où le ciel et la terre n'étaient pas des entités séparées, mais les deux moitiés d'un même mystère. Aello était le pont entre ces deux mondes, un guide pour les âmes errantes, un phare pour les navigateurs de l'azur.

On disait que Aello avait été témoin de la naissance des montagnes, du premier souffle du vent, de la première vague qui avait caressé le rivage. Sa sagesse était aussi profonde que l'océan, et son regard aussi vaste que l'horizon. Il connaissait les secrets des anciens, les murmures des dieux, et les désirs cachés dans le cœur des hommes.

La légende racontait que, parfois, Aello descendait parmi les villageois, prenant la forme d'un étranger aux yeux scintillants, pour partager des histoires d'autres mondes, des récits d'aventures au-delà des étoiles. Ces rencontres étaient des moments de magie pure, où le voile entre le connu et l'inconnu s'amincissait, où les rêves devenaient réalité.

Aello était aussi le gardien des adieux, celui qui accompagnait les âmes lorsqu'elles quittaient le monde terrestre pour rejoindre les cieux. Sa présence était un baume pour les cœurs endeuillés, un rappel que la vie est un cycle éternel, une danse entre la lumière et l'ombre.

La légende de Aello était un fil d'or tissé dans le tapis de la culture du village, une histoire qui se transmettait de génération en génération. Chaque fois que le vent soufflait avec une force particulière, que les vagues se levaient plus haut que d'habitude, ou que les étoiles brillaient avec une intensité inhabituelle, les villageois murmuraient entre eux : "Aello est parmi nous."

Et pour Sandhu, Aello était devenu une quête personnelle, un appel à l'aventure, un symbole de son propre désir d'explorer, de découvrir, de comprendre. L'étrange oiseau dans le ciel de son enfance n'était pas seulement une curiosité passagère, mais une partie intégrante de son être, un compagnon dans son voyage vers l'infini.

Ainsi, dans les récits du village, Aello vivait, respirait, et volait, un personnage éternel dans la grande épopée de la vie. Et Sandhu, avec chaque pas qu'il faisait, avec chaque rêve qu'il rêvait, se rapprochait de l'essence de Aello, de l'esprit du tourbillon, de la liberté incarnée dans le vol d'un oiseau qui connaissait tous les secrets du vent.

Fin

consulter à la Bibliothèque Nationale de France (BNF) ou ils sont enregistrés. Ils sont également disponibles au format numérique sur Amazon. Pour plus d'informations ou si sa publication vous intéresse vous pouvez également me contacter, je n'écris pas pour avoir une ressource financière, il s'agit pour moi de partager mon ressenti.

Autres livres en Français :

Existences, Histoires et Poésies : ISBN 978295261671 en trois formats : Broché, relié et Kindle
Le chemin (ISBN 9791069991729)
La tempête de l'esprit (ISBN 9782958348410)
Ce n'est jamais par hasard (ISBN 9782958348465)
Notre destin est en notre esprit (ISBN 9782958348427)
Un parcours dans la pénombre (ISBN 9782958348403)
L'or blanc (ISBN 9782958348434)
Prêcher sur une île déserte (ISBN 9782958348496) existe en trois formats : Broché, Kindle et Relié
Philosophies d'un solitaire (ISBN9782959261602)
Les histoires de Clémentyne(ISBN9782959261619)
Les aventures d'Irys (ISBN9782959261626)
Poésies d'un solitaire-Livre I (ISBN9782959261633)
Les histoires de Lyana (ISBN 9782959261640)
Livres en Portugais:
A Água (ISBN9782958348441)
Crenças et tempestades (ISBN9782958348458)
Nunca acontece por acaso (ISBN9782958348472)

ISBN: 978-2-9592616-9-5   Editions: Louis Lionel

https://louis-lionel.fr

www.ingramcontent.com/pod-product-compliance
Lightning Source LLC
LaVergne TN
LVHW041102150826
845673LV00007B/1886

* 9 7 8 2 9 5 9 2 6 1 6 9 5 *